王…ワン…マスター…の追放!?

…m master
masakano tsuihou!?

~自由の身になったので
弟子の美人勇者たちと一緒に
最強ゴーレム作ります。
戻ってこいと言われても
もう知らん!~

レルクス
ill. 布施龍太

2

TOブックス

第二章 カオストン竜石国の暴走

イラスト：布施龍太　デザイン：木村デザイン・ラボ

CHARACTERS

ホーラス

10年間ディアマンテ王国の王城でワンオペしていたゴーレムマスター。追放後は弟子の勇者たちとともにゴーレムづくりに励む。だいたいワンパンで解決できる。

ラスターレポート

ランジェア

ホーラスの最初の弟子。勇者コミュニティ『ラスター・レポート』のリーダーで、『竜銀剣テル・アガータ』を振るう。ホーラスのことが大好き。

ティアリス

ホーラスの四人目の弟子。ラスター・レポートの移動拠点長にしてメイド。欲望に忠実。

カオストン竜石国

リュシア

カオストン竜石国第一王女で、政務もしっかりする元気な子。その実体は大ボケハイテンションガール。国民に大人気。

エーデリカ

カオストン竜石国の宮殿に勤務する宮廷錬金術師。リュシアの側近であり、ツッコミ役。彼女がいないと色々成り立たない。

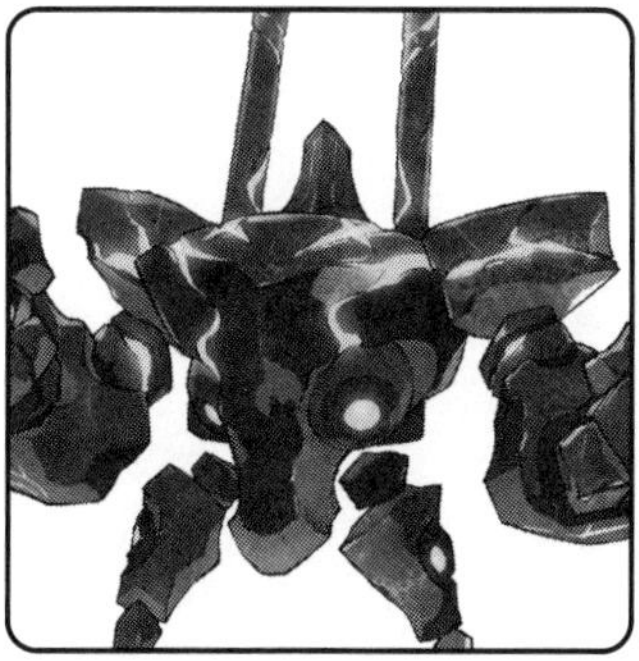

オーちゃん

ホーラスが製造した巨大ゴーレム弾幕鉄人《オーケストリオン》のプロトタイプ。なんやかんやあってリュシアのペットになった。

ディアマンテ王国

バルゼイル

ディアマンテ王国国王。元は愚かな王だったが、ホーラスを追放してしまったことで大反省。賢王の道を辿ることに。

第二章

カオストン竜石国の暴走

第一話　王族はどの国も大変だ

「全然終わりませんよ〜〜っ！」

宝都ラピスの北側に存在する宮殿。

その一室で、リュシア王女は悲鳴を上げていた。

十四歳で、身長は低く、体の起伏は乏しく、顔だちもとても幼い。

ロリコン大歓喜になるような見た目をしているということもあり、幼いながらも働いているので、国民からの人気は高い。

病気で療養している父親に代わって元気に働いている姿は宮殿の中でとても和む要素となっている。

和むを超えて『ロリコン』の域まで達したものさえいる。というか国民の八割はロリコンだ。それで大丈夫なのかと言われれば、すでに手遅れなので問題はない。

そんなリュシア王女の目の前には、書類が積みあがっている。

というのも、多くの冒険者……それも、カオストン竜石国はキンセカイ大鉱脈から希少な鉱石が手に入りやすいゆえに、高ランク冒険者が集まってきているのだ。

因《ちな》みに鉱石が入手しやすいのに加えて、この国にはラーメルという、勇者コミュニティに所属する『鍛冶師』の存在もある。『失敗作』が世に出回るだけで大きな意味を持つほどの、冒険者にとって一つの憧れとも言える『鍛冶師』だ。

そんな状態なので、自分の装備のランクを上げたい冒険者にとって、この国は魅力があるというわけである。

「こんなたくさんの宿泊施設。用意できませんよ～！」

とはいえ、そもそもカオストン竜石国は、人口と国土面積を考えると小国の部類に入る。そんな小国に大勢の冒険者……言い換えれば、国境を越えて移動することが容易な人間が『集まる』ことに対応できるほど許容量は多くない。

冒険者にとっては購入する装備をじっくりと選ぶに値する場所なので長期滞在する場合もあるのだが、高ランク冒険者というのは金を持っているため、いくらでも払うから質の高いところに泊めろという圧をかけてくるのだ。

よって宿泊施設の建造申請をするような書類がリュシアのところに来るわけだが、建物がそんな簡単にできてたまるか。という話だ。

最優先で質の高い宿屋を仕上げないと不満がたまるが、『鍛冶師』をはじめとした『金属を加工するもの』は多くとも、別に建築関係の人材が優れているわけではない。

「むふー……いったいどうすれば……」

「リュシア様。面会希望者がいるんだけど」

紙パックどんぶりが二つ入った袋を手に、エーデリカがリュシアの執務室に入る。

リュシアはエーデリカの顔を見て、次の瞬間に彼女のGの胸を見て、どんぶりが入っている袋を見たが……。

「こんなに書類が多いのに誰かと会っている暇なんてありませんよ！　ぷんぷん！」

「でも、来てるのって、勇者コミュニティの商人たちを束ねるエリーさんなのよね」

「え、勇者コミュニティ？」

勇者コミュニティの商人長エリー。

パンツスーツを着こなす黒髪美人であり、メンバーの中で最も冷静沈着、かつ無表情で表情がほぼ動かないとされる。

最近は資金援助だったり借金関係で調整していたりと、『商人っていうより銀行家だろお前』と言いたくなるようなことばかりしているのだが、あくまでも自称は商人である。

「応接室に通してください！　私もすぐに行きます！」

「わかったわ」

エーデリカは頷くと、どんぶりが入った袋を近くの冷蔵庫魔道具に入れて部屋を出ていった。

「この国はラスター・レポートに対して借金はなかったはず。むー？　一体何でしょうか……もしかしてお腹が痛くなったんですかね？」

一応言っておくがこう見えて正気である。

なお、一般的に勇者コミュニティに対する世間の評判をまとめれば、権力が強くなればなるほど『畏怖』である。主に借金関係で。

しかし、リュシアはかなり働き者で、国民からの信頼も厚い王女だ。

見た目はとても可愛らしく、勇者コミュニティのメンバーもそんな彼女に対して好印象を抱いているので、これまでの付き合いからは『怖い』という印象をリュシアは持っていない。

……世界会議の場で久しぶりに会ったランジェアは結構怖かったが。

「行きましょう！」

というわけで、リュシアは書類整理……というよりは確認とハンコをおして『書類作成』するのを中断して、応接室に向かった。

扉を開けて入ると、下座にエリーが座っている。

リュシアよりも四歳上の十八歳ということはわかっている。

わかっているのだが……あまりにも蠱惑《こわく》的な体つきなのがスーツを着ていてもよくわかるほどだ。

「エリーさん！　お久しぶりです！」

「久しぶりですね。リュシア殿下」

そう言って、エリーは立ち上がると、組んでいた腕を広げてリュシアを招いた。

「おおおっ！」

リュシアは嬉しそうにエリーに抱き着いた。

そんなリュシアを、エリーは優しく抱きしめて……。

「ああ～♡」

めっちゃ幸せそうな顔になっていた。

これは明らかにロリコンである。

そのまま十秒ほどハグハグした後、二人は離れて、リュシアは上座に座った。

「変態なのは変わらないのね」

すごく大切なものを諦めたような表情で、部屋の隅にいたエーデリカがつぶやいた。

「一体何ですか？　私は十六歳の少女に対して性的興奮は感じませんよ？」

「十四歳の少女相手に性的興奮を感じる方がヤバいでしょ」

「私はいいんです」

「何様のつもりなのそれ……」

「幼女抱擁の神ですね」

「そんな神様なんて死ねばいいのに」

ド直球のエーデリカだが、過去に何かあったのだろうか。

……というより、ロリコンと呼ばれる人間の性的対象は、一般的に十歳から十五歳とする場合が多い。

現在十六歳のエーデリカは、ほんの少し前まで、エリーの性的興奮の対象だったのだ。

疑問に思う必要もない。確定で、過去に何かあったのだ。

「まあまあいいじゃないですか！」

……きっと何も考えていないと思うが、とにかくリュシアが会話を遮った。

ただ、話を終わらせるのは三人共通の認識だ。

リュシアもエーデリカもエリーも暇人ではない。

「それでエリーさん。今日はどうしたんですか？」

「建築関係で悩んでいるという話を聞きましたので、それを解決するアイテムを用意しました」

「えっ？」

「大型の魔道具なので外に用意していますが、こちらを使えば、質の高い建造物を、三階建てまでなら半日で作ることが可能です」

「建築舐めてんのか！」

あまりにも現実離れ……というより現実を無視しすぎた性能にエーデリカは叫んだが、よくよく考えてみると心当たりがある。

「師匠が遊びで作ったものですから、こんなものです」

「え？　でも、魔道具ですよね？　ホーラスさんはゴーレムマスターじゃないんですか？」

「魔道具もゴーレムも似たようなものですよ。ただ、使用者によって性能が変わらないのが魔道具。性能が使い手に左右されるのがゴーレムであるというだけです」

「？」

首をかしげるリュシアだが、エーデリカがすぐに補足。

「要するに、魔道具からいくつか『性能面で重要なパーツ』を抜いて、そこを自分で動かしているのがゴーレムマスターなのよ」

「おおっ！」

ぱあぁっ！　と輝くような笑顔を浮かべている。

エリーは似たような笑顔をどこかで見たような気がしたが、おそらくホーラスを相手にしているときのランジェアだ。

ランジェアの場合は周囲にヒマワリ畑が見えるが、リュシアの場合は青空だろう。いったい何を言っているのやら。

「ということは、ホーラスさんが作ったゴーレムにいくつかパーツを組み込んで、魔道具にしたということですか？」

「その通り。師匠と同じ操作能力を求めることはできませんから、硬貨さえ投入すれば使えるようにしています」

「硬貨を……」

先ほど、エリーは『大型の魔道具』といった。

その手のアイテムは使用する硬貨の量も多くなるので、雲行きが怪しくなったということなのだろう。

「もちろん、ある程度の資金はこちらで用意しますよ。金貨一万枚でどうでしょう」

「この国の国家予算の十分の一じゃないですか！　そんなポンっと出さないでくださいよ」

「こんな端金《はしたがね》……いえ、これくらいの金額なら、竜石国に援助するのは当然です。我々はこの国の民ですし」

「いま端金って言いましたよね！　聞き逃してませんからね！　遠慮なく貰いますけど！」

「よろしい」

「何この流れ……」

王女に向かって『よろしい』とは自由過ぎるが、それが許されるのが勇者コミュニティである。

とはいえ、エーデリカが呆れるのも無理はない。

「というより、テストも兼ねています。安全性は確保していますが、実際に使ってみないと分かりません」

「わかりました。城にいる建築士と相談して使ってみます」

「では、私はこれで」

「え、もう帰っちゃうんですか？」

「成分を補給できたので」

「何の？」

「リュシア様にはまだ理解するのは速いわ」

「それってどれくらい待ったらいいんですか？」

「リュシア様は今は十四歳だから……まあざっと二年後ね」

「それ以上は秘密です。それではまた」

そう言って、エリーは無表情のままで一礼し、部屋を出ていった。

リュシアは頭をかしげたが……仕事が多いことに変わりはない。

エーデリカが建築士や現場の作業員を呼んで、魔道具の実験を指示。

……その性能にびっくり仰天したのは、言うまでもない。

第二話　調子に乗るのは個人差がある。場合によっては拳が出ることも

「へぇ、ここが竜石国のスミスエリアか。めちゃくちゃ店が並んでるぜ」

「ここに店を構えるだけで国から補助金が出るらしいな」

「要するに、『生活費は気にせず最高の一品を作れ』ってことかぁ」

「まっ、あとは売り込めるか、優れた目を持つ奴が来てくれるかどうかって話だよなぁ」

ホーラスとラーメルは、宝都ラピスの鍛冶師たちの店が並ぶエリアに来ていた。

二人が来ているのは鍛冶師たちのなかでもかなり『高品質』なものが並ぶ一等地であり、あちこちから鉄を打つ音が聞こえてくる。

が、思ったほどうるさくないのは、作業場の壁が防音素材などでできているためだろう。

「一階で武器や防具を売って、裏で作業してる感じかぁ……エリーが見たら、『売るのは商人に任せてさっさと納品すればいいのに』って愚痴りそうだぜ」

「まあ、そこは国のやり方だろうな。オーダーメイドも多いだろうし……ただ、剣の質として、優れてるものは多いな」

ホーラスは店頭のショーケースに並んでいる武器たちを見て、武器の質に納得している様子。

とはいえ、そもそもホーラスの技術力は人間の直感から外れたレベルにまで到達しているため、そんな人間が質が高いと評価する以上、やはり国としても力の入れ具合は相当なものである。

「師匠はオレに鍛冶師の戦闘手段は教えてくれたけど、武器を作る方は基礎だけだったもんなぁ。でも、見ればいろいろわかるってことか？」

「鑑定はできるが、俺は鍛冶師ではないからな」

あくまでも、ホーラスはゴーレムマスターであり、その技能は『錬金術』と『魔道具作成』と『地属性魔法』の中間のようなもの。

スミスハンマーを叩いて金属を武器に加工する技術は、ある程度できるが、本当に『ある程度』だ。

確かにホーラスは剣を作るし使うが、それが『剣型のゴーレム』であり、仮にゴーレムとしての機能を抜きにすれば、その加工技術は本職に劣るだろう。

……尤《もっと》も、彼が武器に使うレベルの金属となると、そんじょそこらの鍛冶師では扱えない特殊金属になるので加工技術が足りず、スミスハンマーでどれだけ叩いても形が変わらないからどのみち無理。という結論になるだろうが。

「おい！　ふざけてんのか！　売れねえってどういうことだよ！」

「「ん？」」

怒鳴り声が聞こえて振り向くと、一つの店がある。

「こんな真昼間からなんだいったい……」

ホーラスが入っていくので、ラーメルもついていく。

店に入ると、冒険者であろう男が店主の男性に突っかかっていた。

なお、冒険者は普段着だが、立ち姿はそこまで隙がない。

「ふーん。Bランクってところか」

ラーメルが言うのを聞いて、ホーラスは大雑把に理解した。

冒険者協会は冒険者の強さや功績に応じてランク付けするのだが、
S　人外
A　優秀
B　上級
C　中級上位
D　中級下位
E　初級
F　新人
といったものになっている。

ちなみに、SSランクと、ランジェアたちの『ランク勇者』というものもあるのだが、この二つに関してはかなり『特殊』なので、上記の七段階とは比べられない。

ラーメルが言ったBランクというのは『上級』という意味であり、辺境で予算があまり付けられないような環境でも、コイツ一人がいれば十分治安が保たれるというレベルだ。

「だから言ってるだろ！　コイツは特殊な金属を使ったものだ。魔力操作が上手くできないやつが使うと、体の内側からズタズタになっちまう。この町の冒険者協会に行って、魔力操作技能の証明書をもらってきてくれねえと、俺も売れねえんだよ！　これは法律だ！」

カウンターに置かれているのは刀身が真っ白の剣だ。

柄と鍔《つば》もきれいな物で、業物と呼べるもの。

とはいえ、店主の言い分を考えるとそうとうな『じゃじゃ馬』のようだ。

「うるせえ！　そんな話聞いたことねえぞ！　俺はBランク冒険者だ！　魔力操作くらいできるに決まってんだろうが！」

「だから証明書貰ってこい！　規則でそうなってるって何度言えば分かる！」

「「……」」

ずいぶん、幼稚な言い争いだと思うホーラスとラーメルである。

「ふざけんなよジジイ！」

ついに、冒険者の男が拳を振り上げ——た瞬間、ラーメルが周囲の空気を威圧で支配し、男に上から圧力をかける。

圧力をかけられた男は、一気に体が崩れ落ち、その拍子に額がテーブルの角に直撃！

「ぐああああああっ！」

「あ、ごめん」

あまりにもクリティカルに入ってしまったためか、謝っているラーメル。

「ラーメル、ああいうときは上から押すんじゃなくて金縛りにするんだよ」

「わかったぜ。師匠」

この師匠にしてこの弟子ありということだろう。遠慮も容赦もない。

男が振り向いて、言葉がすぐに詰まる。

「な、なにしやが――」

「……ん？　なんだよ」

ラーメルが訝《いぶか》しげな表情になるが……ラーメルは戦闘技術をホーラスが直々に仕込んだ一人だ。

言い換えれば、ランジェアたちと同様、『体が上質に作り替わるほどの身体強化』を行なっており、その顔だちも、やや幼いが『美貌』の一言。

上はタンクトップ。下は短パンと露出のある格好だが、スタイルは抜群。

まあ正直、『見惚れない方がおかしい』というものだ。

「す、すげえ上玉じゃねえか」

「さっき威圧した本人って気が付かねえのか？」

「はっ？」

「ああなるほど、いきなり過ぎて何されたのかもわかんねえってことか」

「一体何を……って、そうじゃねえ。おい、俺のギルドに入れよ。見たところ鍛冶師だろ？　上手く使ってやるぜ」

「バーカ。釣り合わねえよ」

「んだとコラアアアア！」

また男は拳を振りかぶって、ラーメルに向かって突撃する。

ラーメルはそんな男の拳を左手で受け止めると……。

「これで正当防衛だな」

「えっ？」

次の瞬間、ラーメルの鉄拳が男の腹に突き刺さった。

「――っ！」

男は悲鳴すら言葉にならず、そのまま気絶した。

そんな男をポイっと後ろに捨てて、店の外まで放り出す。

「女を遠慮なく殴れるか。まあ、人間に擬態するモンスターも時々いるし、別に否定はしねえけどよ……ん？」

ラーメルが横を見ると、ホーラスが棚に並べられた剣を見ていた。

「師匠、何やってんだ？」

「あー。いや、なんか俺、空気になってたっぽいから、別に他のことしててもいいかなって」

「別にいいけどよ……」

ラーメルは呆れたようにため息をついた。

反応を見る限り、そういうのはこれが初めてではないのだろう。

そんな中、呆然としていた店長がハッとして口を開いた。

「あ、あんた等は……」

「ああ。オレはラーメル。よろしくな！」

「ラーメル……えっ、勇者コミュニティ最高の鍛冶師⁉」

店長はホーラスを見る。

「さっき師匠って言ってたよな。てことは……」

「ああ。『勇者の師匠』ホーラスだぜ」

「そ、そんなビッグなやつらが俺の店に……」

店長が唖然としていると……。

「あ、これとこれ。あんまり見ない素材だな。ただ、素材の引き出し方がいい。ラーメル。勉強用に買っておこう」

棚から二本の剣を取り出すと、満足そうにカウンターに持っていく。

「店長。この二本買うよ。会計してくれ」

「俺の剣が勇者の師匠に……一生自慢できるぜ！」

「会計してくれ……」

「あ、すまんすまん」

感激する気持ちはわかるのだが、話を進めてくれないとホーラスとしては困る。

というわけで、現実に戻ってきた店主に硬貨を払って店を出た。

「この国、エーデリカがいるから政府直下の魔道具関係は発達してるけど、民間の方はそうじゃないから店とか見てなかったんだが……思ったよりいいものが置いてあるな」

「見るか見ないかの判断がいつも第一印象だよな。師匠」

「そうだな……しかし、聞き分けの悪い冒険者もいるんだな」

先ほどの冒険者を思い出して、ホーラスがつぶやく。

「面倒な性能がある鉱石なんて扱ってない工房も多いぜ。ただ、この町は加工技術が高いから、それらも扱うことができる。ほかの冒険者支部だと、そんな証明書を発行する機能なんて備わってないし、この町特有だ」

「だろうなぁ」

「ただ、一応は高ランク冒険者とはいえ、露骨に人の言うことを聞かねえ奴もいる」

「そういうやつ、多いと思うか？」

「それが大部分ってことはねえけど、遭遇する確率はかなり上がってるはずだぜ」

「……そういうものか」

大型の宿泊施設を要求するものが多いということは、ギルド単位でここに来るというケースもあるということだ。

後ろ盾があるからと調子に乗るものも多いだろう。

とはいえ、もう少し、器用に生きられないのかと、思わなくもない。

第三話　『全世風靡《ぜんせいふうび》』

「何を言っている。俺は武器を調達してこいと言ったはずだ」

竜石国の高級宿の一つ、『サファイア館』。

といっても、現状は『冒険者協会が管理している建物』であり、主に自国民ではなく、高ランク冒険者を泊まらせるために用意されたもの。

そこで働いているスタッフも、冒険者協会から派遣されたスタッフで構成されている。

「そ、それが、店主が俺に武器を売らなかったんですよ！　おかしいでしょう！　アイヴァンさん！」

場所はサファイア館の中でも上等の部屋であり、そこでは豪華なソファに座った二十代後半の男が、傍に美女を侍らせて、部屋に来た男からの『報告』を聞いている。

ソファに腰かけていても高身長とわかるほどで、鍛え上げた肉体は引き締まっており、丁寧に切りそろえた黒髪と三白眼は、『強者』の風格を持っている。

「確かに、ＳＳランクギルド『全世風靡』の俺たちに対して、武器を売らないのは、すべての冒険者に喧嘩を売ることに等しいか」

アイヴァンと呼ばれた男はそう言ってイライラしていたが……。

「しかも、生意気な女が来るような店です！」

「生意気な女？」

「赤い髪をポニーテールにした上玉で、スミスハンマーを持ってました。俺のギルドに入れって言ったら、釣り合わねえってバカにしてきたんですよ！」

「……赤髪のポニーテールの上玉で、スミスハンマー？」

「そうです！」

アイヴァンはため息をついた。

「……セデル。俺はいつも言ってるはずだ。喧嘩を売る相手を間違えるな。間違えないために、常日頃から情報を集めておけと」

「相手を間違えるなって、あんな小さい店のどこが――」

「違う。その女のほうだ。明らかに、勇者コミュニティの工房長だろうに」

「はぁ？　アイツが？」

セデルと呼ばれた報告に来ている男は呆れたような表情だが、アイヴァンの傍にいる美女は顔が硬直している。

「なら、なおさら俺たちのギルドに入るべきだ！　このSSランクギルド『全世風靡』のほうが上なんだから、俺たちの顔を立てるのは当然でしょう！」

「なんで俺たちのほうが上なんだ？　ラスター・レポートは魔王を倒したんだぞ」

「魔王が男性支配なんてスキルを持ってたから、俺たちが手柄を譲っただけです！　精神を防御できるアイテムさえあれば、この『全世風靡』が魔王を倒していたに決まってる！」

「……」

アイヴァンの表情はひどく冷めたものになっている。

「セデル。お前が何故、このギルドのマスターである俺の側近部隊に組み込まれたか知ってるか？」

「そんなの、俺が優秀だから――」

「説明したことなかったな。お前の実家の商会が俺に金を積んだからだ」

「え？」

「当たり前だろう。側近部隊の条件は『Aランク以上』だ。本来Bランクであるお前は入れない」

「え、え、Aランク以上だけ？」

「ああ。今は、お前以外は全員がSランクだ」

「嘘っ！」

「当時は金が必要だった。しかもその金が何のために必要だったと思う？　お前が絡んだその女が、コミュニティで使えない失敗作を、そんじょそこらの商会に投げ売ったからだ。オークションで競り落とすために金が必要だったんだよ」

「な、あんな女の……」

「そしてその剣は、俺が普段使ってるやつだ」

「えっ」

「俺はあの剣を手に入れて、SランクからSSランクに昇格した」

魔王と遭遇すればどんな男であっても魔王に魅了されてしまう。

それはホーラスであろうと変わらない。

だが、遭遇さえしなければ、男冒険者であっても活動は可能だ。

魔王がいる領域に近かったとしても、偵察や見張りができる女性を鍛え上げることで対処したり、そもそも魔王がいる領域から遠く離れた場所で活動したりと、男性冒険者も『無策』ではない。

そのため、男性支配の魔王がいる世の中であっても、強い男性は、良い武器を常に求めていた。

「この『差』がわかるか？　お前が無知でもバカでも構わないが、ギルドに迷惑かけたら追放確定だから覚悟しておけ」

「お、俺は……」

「まだ俺の側近部隊には置いておく。が、しばらく頭を冷やせ」

「く、クソっ、クソオオオオオオッ！」

セデルは叫びながら部屋を飛び出してった。

「……どうしますか？」

女性がアイヴァンに聞いた。

艶のある長い金髪が揺れたが……表情のほうは硬い。

「そうだな……レオナ。この町に来ているギルドメンバーで、セデルに同調しそうなやつはどれくらいだ？」

「五十人はいるかと」

「このギルド潰れるんじゃないか？　俺たち、勇者コミュニティに借金があるんだが……」

「少し前に、あの『悪魔』との交渉が終わったばかり。ここで勇者コミュニティに迷惑をかければ、催促される可能性もあります。すでに、この都市にあの『悪魔』が来ているという話です」

ラスター・レポートにおいて商人長を務めているエリーだが、他のギルドからは悪魔呼ばわりされているようだ。

といっても、エリーが金を貸す際、それ以前に貸した以上の金をすでに援助した後の場合が多く、その金利もかなり低いものだ。

アイヴァンとしても、別に払えないわけではないが、債権者を怒らせたくはない。

「まったく、この町にディードさんがいるって噂があったから来たのに、入れ違いのようだな。運がない」

アイヴァンは頭をガリガリとかきながら、どうしたものかと唸っている。

「そういや、セデルは他の高ランクギルドともコネがあると……」

「付き合いはその中でもゴロツキでしょう」

「そうか……うまく勇者コミュニティを利用して、排除できないか？　ちょっと前、勇者に調子に乗ったバカな貴族の多くが捕縛された話があるだろう。あんな感じで」

「上手くいけば排除できますが、一歩間違えればこのギルドが潰れます。お勧めはできません。しかも、ギルドとして要らない部分を排除できても、『裏』で何処と繋がっているか見当もつかない者もいます」

「……聞こえの良い言葉につられたとかそんな感じか。アイツはまったく……」

天井を仰いだ。

「レオナ。幹部で集まって対策を考えておけ」

「はい」

次の瞬間、レオナは消えたようにその場からいなくなった。

気配がなくなり、アイヴァンはソファから立ち上がると、窓に向かって歩く。

町を見下ろして……

「ホーラス。俺たちが同じ町にいるのも十年ぶりだ。ただ、いい再会はできそうにないな」

アイヴァンは目を細めてため息をついた。

第四話　冒険者が胸に秘めるべきこと

「はぁ、なんだろ。冒険者の中にも、オレたちを舐めてるやつ多くね？」

「理屈はわかります。世界を侵略していた魔王は、単純な『強さ』を持っていたわけではなく、その『特性』が極端でした。事実として、強い男性はいますし、思うところがあるのも当然でしょう」

「そうだけどよ……」

「何が引っかかっているんですか？」

「そこまで、世の中の人間って『バランス感覚』がねえのかなって思っただけだぜ」

勇者屋敷の一階ロビー。

エリーが書類を手に、ラーメルがお菓子をつまみながら話している。

……ちなみに、ロビーのソファではホーラスが寝ている。

なんだかゲッソリしているような気がしなくもないが。

「……バランス感覚。ですか」

「『やりたいこと』と『できること』のバランスがとれねえ奴が、何人も魔王の手下になった。そういうの、見てきただろ?」

「そうですね。魔王の男性支配の力を過小評価し、『精神防御の魔道具があれば魔王に勝てる』という風潮も耳にしました」

「……そういって何人が虜になったのやら、で、それに対処したオレたちが非難されるのも、わからなくはないんだけどなぁ」

煮え切らない。といった様子のラーメル。

……ランジェアが世界会議の場で勇者としての功績を評価されたあの日、実はあの時点で、魔王討伐から『半年』が経過している。

理由としては、『最低限の後始末』すらまともに進まなかったからだ。

魔王の男性支配は、魔王が死んだ後も継続する。

要するに……『魔王を倒せば元に戻る』として監禁されていた『王族』や『貴族』、『高位の神官』がたくさんいたのだ。

だが、魔王が死んだ後も、愛を魔王に捧げ続け、実際に魔王の死が告げられても、今度は『魔王が作ろうとした世界を私が作る』と言い出し暴れる者が多数。

……そのまま監禁を続けるか、殺すしかなかった。

監禁されず、配下となり、魔王が持っていた『劇薬』でモンスター化し、資金面でランジェアたちの糧となった者もいる。

ただ、取り繕わずに言えば、ランジェアたちは、『旅の途中で虜になった男性を、殺し続けてきた』のだ。

魔王を倒したのは事実だが、だからといって、全ての『救われるべき心』を救えたわけではない。

「近しい男が魔王の虜になって、オレたちが殺したってケースは多い。正直、時間以外の薬なんてねえから、それまではオレたちを恨んで気を紛らわすくらいしかできねえし、『そういうの』はオレも納得するけどよ……」

「特殊性が強いだけで強くもない魔王を倒して、自慢するな。ぽっと出の小娘が調子に乗るな。そういう意見には納得できないと？」

「エリーは納得してんのかよ」

「理解はしますよ？」

「でもよぉ、そういうことを言ってる冒険者が、普段は『冒険者コミュニティが魔王を倒したんだから、これからは俺たちの時代だ』って吹聴してるわけだろ？　なんか、卑怯っていうか……」

「違いますよ。ラーメル」

「ん？」

「卑怯者が調子に乗れるくらい、平和な世界を作る……それが勇者というものです。気分は良くありませんが、見ていると思いますよ。『世界は平和になったんだ』と」

「皮肉の利きすぎにも限度があんだろ」

ラーメルはため息をついた。

卑怯もまた余裕がなければできず、そしてその余裕があるかどうかの判断材料としてとても分かりやすいのだ。

「有事の際に、戦わない卑怯者が理想を掲げるのは非難されます。誰も余裕がないからです。しかし、今の彼らは他人の目を気にせず、理想を語る。いいではありませんか。借金漬けにして鉱山にぶち込みたいですね」

「本音漏れてんぞ。無表情でそんなこと言うのやめろよ」

「理解はしますが、納得はしません」

「あっそ……」

ため息をつくラーメル。

なんというか、ラーメルには『スッキリしないモヤモヤ』みたいなものがあるが、エリーにはそのところの折り合いのつけ方が自前で存在する。

ただ、この話題に対する考え方は二人でズレが大きく、ラーメルとしてはあまりスッキリした結論にならないようだ。

というわけで、話題を変えることに。

「……そういや、なんで師匠はゲッソリしてるんだ？」

「勇者コミュニティにはメイドが十人いるでしょう。全員で襲い掛かったそうです」

「襲い掛かるって……あー。流石の師匠も十連戦はキツイのか」

「元の性欲がそうでもないので」

「あー、だから、魂がなくなった幽霊みたいになってんのか」

「存在がなくなってますよ」

「でも、今の師匠も似たようなもんだろ」

「確かに」

謎の納得をしているエリーとラーメル。

ただ、ここでホーラスが目を開けて、苦い顔になって呟いた。

「勝手に殺すな」

「あ、師匠、起きてたのか」

「おはようございます。師匠」

「……思うんだが、もうちょっと恥じらいとかないのか？」

「何言ってんだ師匠。現実なんてこんなもんだぜ」

「そうですよ。魔王を討伐する過酷な旅を続けてきたのですから、ズレがあるのは当然でしょう」

「二人の間で理屈が違う気がするが……まあいいか」

ホーラスのほうがモヤモヤしてきた。

「あ、そういや師匠。師匠は、最近調子に乗ってる冒険者についてどう思うんだ？」

ラーメルはホーラスに聞いた。

ただ……勇者コミュニティは、あくまでもホーラスからの影響を受けやすく、受け入れやすい体質がある。

特に『思想』や『方向性』に関して、軽く返答するものではないが……。

「……俺が眼光だけで相手を黙らせる技術を身に付けたのは、調子に乗ったやつを殴って黙らせると非難されるから。とだけ言っておくよ」

「アハハハハハハ！」

大笑いしているラーメル。

「ただ、冒険者が掲げるべきものっていうのは、俺は理想じゃなくて『憧れ』だと思ってる。どんな奴になりたいかなんて、正解は見つからないが、『誰に憧れて冒険者になったのか』っていうのは、胸の内に秘めておくだけでもいいから、決めておいた方がいいと思うよ」

「憧れ……か」

「理想っていうのは、生きていく中で『妥協』していくものだけど、『憧れ』っていうのは、多分劣化しないものだからな。俺はそう思うよ」

「ふーん」

「だから、勇者コミュニティに憧れて、冒険者になった女性もいるはずだ。そういうやつが胸を張って生きていけるように、かっこ悪いことはするなよって話だ」

「わかったぜ！　なんとなく！」

「よろしい」

かっこ悪いことをしないための一つの方法は、『自分に憧れて、自分がいる世界に飛び込んできた人がいる』と、自覚すること。

それもまた、真実だろう。

ホーラスは頷いた。

そして、『その上で』と続ける。

「冒険者ってのはやっぱり、『自分次第』だ。魔力は何にでもなってくれる万能物質で、俺たちのイメージがより確信に近づけば近づくほど、思い通りに変わってくれる」

「自分次第……か」

「冒険者は魔法を使うときも身体強化を使うときも、魔力を使う。ただ、どう変わってくれるかはイメージ次第。誰かのせいにはできない」

「そうだよなぁ。技術の話をすれば、いつもそうだぜ」

「理想の空がどれほど輝いていようと、俺たちは現実の大地しか歩けない。その大地を塗装するのは、やっぱり自分だ。忘れるなよ」

「おう」

「はい」

うなずく二人を見て、ホーラスは頷くと、再び寝始めた。

言うべきことは言った。そういうことだろう。

★★★

「……信じられないほど鉱石納品のクエストばっかりだな」

「この町なら当然でしょう」

ホーラスとエリーは冒険者協会支部を訪れていた。

なお、冒険者『協会』となる場合、基本的には『ギルド』に属さない冒険者が利用している。

『ギルド』というのは、冒険者たちが自分たちで集まり、『クエストを発行し、それを達成するシステム』を作り出しているので、冒険者協会に来る理由はあまりない。

冒険者が多く移動しているということは、すなわち『ギルド』も移動し始めているということであり、それは『クエストの取り合い』を意味するということでもある。

しかし、この町なら『キンセカイ大鉱脈』という、どれほど多くの冒険者が来ようと抱えられるダンジョンがある。

クエストも多くはこのダンジョンに由来するので、この町に来る冒険者というのは、どのみちダンジョンに入るということになるのだ。

大変シンプルでわかりやすい。

そして……一つの場所で長い間活動することになる『協会支部』というのは、その町の特徴が表れている場合が多いのだ。

エリーが『冒険者協会を見に行きましょう』と言って、ホーラスを誘ってきたわけだが、見事に鉱石納品のクエストばかり、これがこの町の特徴だった。

「この町の冒険者協会。初めて入ったけど、クエストボードがこんなに鉱石関係で埋め尽くされてるのはここくらいだろうな」

「別の『協会支部』には入ったことが?」

「十年前まで冒険者だったしな。城で働くために冒険者カードは返納したけど」

「そういうことですか」

冒険者は『中立』を掲げているので、どこかの国に肩入れすることはない。

そのため、『冒険者のままでどこかに仕官する』ということは、原則的には不可能だ。

当時の彼のランクはともかく、それをやめなければ、『城で働く』ということは不可能であった。

「ただいま~!」

元気な声が聞こえてきたので出入り口のほうを向くと、十歳くらいの女の子が、鉱石が入った袋を背負ってカウンターに向かっていた。

「誰だ?」

「ナーシャちゃんですね。この協会支部にいる冒険者の中で最年少で、みんなのマスコットです」

「マスコットっていうか小動物って感じがするが……あの年齢で冒険者を? しかも見る限りソロ

で？」

「キンセカイ大鉱脈の浅い場所には、モンスターが一切出ず、通常よりも低い位置に採取ポイントがあるエリアが存在します。一般的に使うルートからも外れていて、その『低さ』もあって掘りにくいのですが……」

「元気な子供に行かせるのには丁度いいってことか」

「そういうことです」

「ていうか、詳しいな」

「私が町で有名な小さくてかわいい女の子を知らないわけがないでしょう」

「……」

ホーラスはナーシャを見る。

確かに、顔だちはとても可愛らしい。

背伸びしてカウンターに袋を置いて、女性職員に笑顔で『確認お願いします！』と言っている姿は、確かに微笑ましいし、癒しというのも分かる。

だが、エリーの視線はなんだか『違う』気がする。

「はい。ナーシャちゃん。今日もたくさん集めてきましたね」

『たくさん』と言っているが、十歳の女の子が運べる量などそうでもない。

とはいえ、それを突っ込むほどホーラスも野暮ではない。

「最近はよく頑張ってますね」

「はい！　勇者さんみたいに、すごい冒険者になりたいんです！」

ナーシャの『憧れ』は、ランジェアたちラスター・レポートということだろう。

確かに、容姿端麗でスタイル抜群で魔王討伐を成し遂げた美少女たちだ。憧れるというのも分かる。

「お父さんが大ケガしてますから、私も頑張ってお金を稼ぎます！」

「偉いね～。でも無理したらダメよ？　ちょっと前まで、心臓の病気で寝てばかりだったんだから」

「むっふふ～♪　もう大丈夫ですよ！　元気もりもりです！」

十歳のちっこい体で胸を張る。

とても微笑ましい……が、

（あああああああ～～～～ナーシャちゃんかわいいいいいっ！）

……ホーラスはなんかとんでもない電波を受信した気がした。

ちらっとエリーを見る。

「なんですか？」

「その……あまり憧れを穢《けが》すようなことをするなよ？」

「何の話ですか？」

「……いや、なんでもない」

ホーラスは『俺って、変態には勝てないんだろうか』と思い始めてきたが、なんだか悲しくなってきたので思考の外にたたき出すことにした。

正しい判断である。

その時、扉が開いて、五人組がぞろぞろと入ってきた
「ったく、セデルさんは人使いが荒いよなぁ」

「まあまあ、これが終わったら娼館にいって何人か壊そうぜ」

冒険者であることはわかるが、どこか『真っ当ではない雰囲気』だ。

先頭に立っている男が、全員に聞こえるように言った。

「おい！　俺たちはSランクギルド、『エクスカリバー』だ！　この協会支部はたった今から、『セデル連合』の命令に従ってもらうぞ！」

そう、宣言した。

『連合』とは、異なるコミュニティやギルドの構成員の内、数名が寄り合って結成されるものだ。

ちなみに、連合結成時、関連コミュニティやギルドの『トップが全員そろっている』場合、『大連合』となる。

主に『連合』の場合、専門の技能を持つものが集まって何かを加工したり、特殊な『耐性スキル』を持つものが調査作戦を行ったりと、『特殊作戦チーム』の意味合いがある。

『大連合』は、規模のとても大きな作戦を実行する際に結成する場合が多く、滅多にないことだ。

「エリー。こういうのって可能なのか？」

「連合の代表者が所属するギルドのランクによっては可能です」

「そのセデルってやつは？」

「SSランクギルド『全世風靡』の構成員です。十分可能かと」

「なるほど」

説明を聞いたホーラスの感想だが。

（『全世風靡』……どこかで聞いたことがあるような……まあいいか）

ただ、職員も動揺している中、最初に動いたのは、ナーシャちゃんだった。

「何言ってるんですか！」

「あっ？」

「ここの人たちが何か悪いことをしたんですか！　勝手なことを言わないでください！」

強い子である。

「ったく、ガキが調子に乗ってんじゃねえ！」

「ひっ……」

「最近は勇者コミュニティが調子に乗っててイライラしてんだ。女が調子に乗るなんざ百年はやいんだよ！　ぶっ殺すぞっ！」

「うっ、ぐっ……うっ」

ナーシャの顔が赤くなり……。

「うえええええええええええええええんっ！」

大粒の涙をボロボロとこぼした。

「ったく、ガキが大人の前で調子に乗ってんじゃ……」

「調子に乗る幼い子を許せない大人の器も、たかが知れてますよ」

「あっ？」

男が振り向くと、そこには『めっちゃ怖い笑顔』をしたエリーが立っている。

「よーしよーし。もう怖くないぞー」

「うえええええええええん！」

その一方。ホーラスはしゃがんで、ナーシャを優しく抱きしめて頭をポンポンと撫でている。

慣れているが……いや、よくよく考えればホーラスも二十七で普通におっさんだ。経験によってはこれくらいできるだろう。

「なんだよお前。って、ずいぶん良い顔と体じゃねえ――」

「ふざけてるのなら痛い目にあわせてあげましょうか？」

「はっ？　……っ！」

エリーの体から黒い威圧オーラがジワジワ溢れている。

相手を威圧で押しつぶすというより、相手に恐怖を植え付けるような、そんなタイプだ。

「な、なんだよいったい……」

男はジワジワと後ずさりして、カウンターに近づく。

そして……そこにいたナーシャの対応をしていた女性職員が、男の髪を『ガッ』と掴んで……。

「調子に乗んなよこのゴミがっ！」

後頭部をカウンターに叩きつけた！

「があああっ！」

突然の後頭部強打に悲鳴を上げる男。

「てめえ、ナーシャちゃんに怒鳴りやがって、連合だかなんだか知らねえが、あんまり調子に乗ってたらぶっ潰すからな！　本部じゃねえからって舐めてんじゃねえぞ！」

カウンターに後頭部を叩きつけたままで、分厚いマニュアル冊子を持ってきて振り下ろし、額を直撃！

「いでえええええっ！」

「ここは高ランクが寄りやすくてなあ。てめえみたいな調子に乗る冒険者も多いんだ。あんまり舐めたことしてるとすりつぶすから覚悟しておけ！」

髪を持ち上げて、そのまま背中に右ストレート。

明らかに受付嬢ではない威力により、男はエビ反りの状態で支部の外まで吹き飛んでいった。

「てめえらもさっさと出ていけ！」

「「「「ひいいいいいっ！」」」」

五人組の内、四人も支部を出ていった。

それを見ながらホーラスは思う。

この国は王女がまだ十四歳で、国民がロリコンであるという情報は持っている。

ただ、あまりにも教育に悪すぎる。

ので、最初はナーシャの頭をなでて落ち着かせていたが、途中からは耳をふさいでいた。

支部の空気が緩くなってきたあたりで、塞ぐのをやめる。

「よーしよーし、ナーシャちゃん。もう大丈夫だぞ。怖い男はいなくなったからなー」

『怖い人』とは言わないホーラスであった。

だって、受付嬢、怖いもん。

第五話　支部の思惑と皮算用

協会支部の応接室。

ホーラスとエリーは、先ほどとんでもない右ストレートを放っていた受付嬢、トレイシーと対面していた。

別にホーラス側は呼ばれるようなことはしていない。

というか、あの場で一番ヤバい攻撃を繰り出したのはトレイシーだ。

ただ、エリーのほうがもともとこの協会支部に用があって、『色々話したいこともあるから』と応接室に呼ばれただけである。

……ホーラスの表情は、すごく、頬が引きつったものになっているが。

「そういえば、あんな冒険者って、前から多いのか？」

先ほど調子に乗っていたSランクギルド『エクスカリバー』に制裁を加えているとき、トレイシーは『高ランク冒険者が寄りやすく、調子に乗ってる連中も多い』と言っていたが、現実はどうなのだろうか。

「あー、あれね。宝都ラピスは性能の高い武器がかなり置いてあるから、それ目当てで来る人間も多いのよ。金貨十枚や百枚の武器とか結構置いてあるからね」

「ほう」

「実際、その金額を用意できるくらい稼いでるって時点で、『自分に自信がある』のは間違いないし、『調子に乗ってもそれが通るし、咎められない』っていう、『経験』を積むやつも多い。高ランクなら特にそうなるもんよ」

「なるほど……」

トレイシーという受付嬢だが、思ったより『大雑把』な印象だ。

年齢は二十代に差し掛かったころだろう。茶髪をショートカットにした『お姉さん』といった雰囲気というか、かなり『頼れる人』といった印象がある。

「冒険者って言っても、まあそんなもんだよな。しかし、さっきのパンチ、凄かったたな」

「数年前まで冒険者だったのよ。鍛冶師の男とコンビを組んで、我慢できなくなったアタシが襲い掛かって、子供ができちゃってねぇ」

「それは……また……なんというか……」

「それまではあちこちを飛び回っていたけど、『俺が稼ぐからお前は育児に専念してくれ』って言われて、ここを拠点にしてる」

「ほー……で、なんで受付嬢に？」

「しばらくは家でずっと育児をしてたけど、『協会支部には女性職員も多いし、育児くらいできるんじゃ？』って思って支部長のところに行ったら、ＯＫが出たのよ。支部長の頬は引きつってたけどね」

「だろうな」

「そこからは、私自身、時々モンスター討伐に行きながら、受付で冒険者の面倒を見てるってこと」

「あのパンチは今もクエストをこなしてるからなのか」

「そういうこと」

力こぶを作るトレイシーだが、おそらく魔力で強化するタイプなのだろう。腕は太くない。

もちろん、腕が太くないからと言って油断することはできないのが冒険者というものだが。

「てことは、上の階で子供の面倒を誰かが見てるってことか」

「可愛い女の子よ。ただ、旦那に似たのか、武器に視線が向いてるときが多くなったけどね」

「将来はいい鍛冶師になるといいな」

「ははは！　勇者の師匠が応援してくれてるなんて、うれしい限りだね」

トレイシーは良い笑顔だ。

「あと、この町は高ランクの冒険者と、それを支える人が多いんだ。だから、私みたいな人も少なくないみたい」

「それは……そうだろうな」

ホーラスがラーメルと向かった『鍛冶師エリア』だが、あそこで店を構えることができれば、それだけで国から最低限の生活費を貰える。

本人の腕がよければ、それだけ補助金も増えるだろうし、装備を売った収入もプラスして、大人二人と子供が食べていくことができるといったところか。

「そういや、昨日の夜、旦那がすごくニヤニヤしててキモかったなぁ」

「……」

これが現実というものなのだろうか。とホーラスは思う。

「なんかすごい人が来て、剣を二本買っていったらしいんだけど、別に剣を二本、あんまり高くないのを買うのならそこまで珍しい事でもないし、何があったのやら」

「あー。それ、多分俺だ」

「え？」

「『スミスハウス・アンヘル』って店だろ？　そこで、ラーメルの勉強になりそうな剣があってな。あんまり高くなかったと思うけど、二本買ったよ」

「旦那のことだけど、そりゃうれしいねぇ」

ラスター・レポート、その中でも六人の幹部は多くの人間が知っている。

ラーメルという名前を出すだけで、ラスター・レポート最高の鍛冶師であることはわかるだろう。

そんな人物に買い与える剣を買うというのは大きなことだ。

商売である以上、『誰が買いに来たのか』も重要なので、そりゃニヤニヤするだろう。

「そっかそっか、勇者の師匠がかぁ。確かにそりゃ自慢できるね。フフッ」

若干ニヤッとしている。

余計なことを吹き込んでしまったかもしれないが……ホーラスのせいではない（無責任）。

「そういや、アンタは大丈夫なの？」

「大丈夫とは？」

「いや、あの屋敷を買いに来たメイドが来てて、性欲強そうだったから」

「…………………………うーん」

ずいぶん『間』があるホーラス。

「その様子だとすでに襲われた後か。勇者の師匠って言っても、ベッドの中だと弱いんだね」

「いや、あの、アイツらの眼、めちゃくちゃ怖いんだもん」

「ら？　もしかしてメイド全員に襲われたとか？」

「……それは、まあ」

ホーラスは思う。『なんで二十七にもなって夜のことを赤裸々に語ってるんだ俺は』と。

ただ、なんとなく、トレイシーにはそれをしてもよさそうな雰囲気を感じるのだ。何故かはホーラスにもわからないが。

「さて、そろそろ私の用件を済ませましょう」

エリーがここで話に入ってきた。

あんまり夜のことを話していると、メイドたちに対する怒りがわいてくるからだろう。知らんけど。

「まっ、勇者の師匠がここに用事があるわけないか。何の用？」

「セデル連合。という組織ですが、協会支部としてどうするか。その判断を待っていただきたい」

「へー……なるほど、何か企んでるってわけか。いいよ。私から支部長に言いつけとく。こっちも忙しいし、バカがはしゃいでるのに一々かまってられないしね」

「忙しい？」

「ディアマンテ王国のほうで、『宮廷冒険者』という枠を設けようって噂があって、その話がこっちにも飛んできてんの」

「宮廷冒険者……」

「国が実力と素行で問題がない冒険者に称号を与えて、『王国における冒険者の見本になってほしい』みたいなものだと思うよ。ただそれだけだとふわっとしてるから、活動範囲を王国にしてもらう代わりに、特権を与えるとか、そういう感じになるかな」

「そんな制度を……なかなか攻めたやり方ですね」

神血旅と分けることで、均衡を保っているのが人の社会。

神の名のもとに生活を維持する宗教国家と、神に祈らず人間として成長して繁栄することを選んだ血統国家。そして縄張り争いの絶えない二つに嫌気がさして旅に出た冒険者。

それぞれが勢力……いや、『概念』として強い力を持つに至り、今では人間の所属形態はこの三つのどれかになるとされるほどだ。

……具体例を述べるならば、宗教国家は『聖剣』などの神話で神から与えられたとされるアイテムを利用して繁栄している。その権力構造を維持するために、これらのアイテムの解析や、それらを超える技術の開発を禁じてきた。

それを嫌った者たちが飛び出して自分たちだけで開拓し、そして国を興《おこ》した。それらの国が圧倒的な国力を持つに至り、集まることで『世界会議』のようなシステムができあがった。

ただし、どちらも縄張りを主張し、どこか緊張感の漂う……端的に言えば『窮屈』な世の中になったため、国を飛び出して旅に出る者が現れる。

モンスターを倒して莫大な資産を持つ者もあらわれ、そうした冒険者が集まり、自分たちの旅を円滑にする組織を構築し、他者にリソースを配分する余裕が出てきたため、他者の悩みを解決するクエストという概念が出現。それらが冒険者協会を名乗り始めた。

それぞれの概念の流れを大雑把に表せばこのような形になる。

今までのルールを嫌って飛び出し、そして力を得たことで認められたからこそ、今の形がある。

それらを束ねるのは、本来、神にとって屈辱、血と旅にとっては本末転倒のはず。

巷で噂となった『宮廷冒険者』という称号は、『血統国家』と『冒険者』をまとめてしまうものだ。

バランスが崩れることを嫌うものは血統国家の中にも冒険者の中にもいるだろうし、連携されることを嫌う宗教国家から何を言われるかわからない。

というより……血統国家と冒険者では組織としての在り方が違いすぎて、混ぜるな危険の典型例である。

「とまぁ、とにかく、セデル連合はうまく流しておくよ。ただそれだけだと上が納得しないかもしれないし、勇者コミュニティにヘイトをコントロールしてもいい？」

「問題ありません」

「なら、そんな方針で。ほかには？」

「特にありません。ただ……ナーシャちゃんですが、もうちょっと見張るようにしてください。今回の一件で、あの子に何かがあるかもしれません」

「それはありうる……ってか相変わらず……いやなんでもない」

エリーの視線が若干怖くなったのか、続きは言わなかった。

「それでは、私たちはこれで、それではまた。師匠、行きましょう」

「ん？　あ、ああ……それじゃあまた、アンヘルさんがまた妙な鉱石に手を出したら、教えてくれ」

「わかった。それじゃ」

エリーがかなり強引に話を終わらせたような気もするが、そんな形で、ホーラスとエリーは支部を後にした。

★★★

「フフッ、いいぞいいぞ。連合の規模も大きくなっているようだな」

セデルは宝都ラピスの辺境にある建物の執務室で、書類を見ながらニヤニヤしている。

「そうですね。セデル様。このまま規模を大きくすれば、いずれ宝都ラピスの利益を独占できるほどの組織になるでしょう」

「そうだろうそうだろう。アルバロ、このまま裏で規模の拡大を目指せ」

「畏まりました」

アルバロと呼ばれた茶髪でスーツ姿の男は頭を下げる。

「宝都ラピスは、希少な鉱石と優秀な武器を手に入れられる場所だが、いくつか冒険者にとって欠点がある」

「欠点ですか？」

「そうだ。あのダンジョンで金属を手に入れた場合、それらは全て納品することになっている。だが、許可のない冒険者は希少金属が出てくる『中層』や『下層』に入ることができない」

「そうですね」

「主に竜石国の兵士たちが、戦闘経験と鉱石確保のために奥に入り、そこで優秀な鉱石を手に入れ、それが市場に流れる……かと思いきや、最初は国民だけが入れる『レアストーン・マーケット』に流れて、そこで売れ残ったものがようやく一般市場に流れるのだ」

「確かに」

「冒険者の場合、長年、キンセカイ大鉱脈に入り、多くの鉱石を納品し、信用を得たものに『許可』が出る。竜石国と関係が浅い商人や鍛冶師が『下層』の金属を使いたいとなった場合、そういった冒険者に依頼するしか方法はなく、そして冒険者は多くないため、需要に対して供給が安定していない」

セデルは窓から町を見下ろした。

……辺境なので、かなり人の通りは閑散としているが。

「要するに、多少緩めるフリをしているだけで、実質的に竜石国の『独占状態』なのだ。これはあまりにも不平等だろう」

「確かに不平等です。ダンジョンは誰もが入れるようにするべきでしょう」

「そう、そして誰もが入れるダンジョンで手に入れた鉱石は、我々が独占するのだ！」

不平等を貶しておいて独占を掲げる、などというのはダブルスタンダードもいいところだが、『自分本位』という主義を掲げる者にとってこれが普通なのだろう。

「この独占計画のために必要なのは、人の数だ。キンセカイ大鉱脈の現状に不満を持っている冒険者や商人、鍛冶師はいくらでもいる。こいつらをかき集めて、巨大な組織を作る。その力で、竜石国を従わせるのだ」

「国を従わせる。ですか」

「そうだ！　こんな貧弱国家があのダンジョンを独占しているのが悪い！　俺が宝都ラピスの利益を独占する実質的な支配者になるのは、その悪を正す行為だ」

かなり『支離滅裂』な部分がにじみ出てきたが、要するに、『セデルの最終目的』は『宝都ラピスの利益の独占』ということなのだろう。

何をどう考えたとしても、キンセカイ大鉱脈を支配するということは、そこからとれる金属で発展している宝都ラピスの収益の大部分を独占するのと同じだ。

……その時、ドアがノックされた。

「ん？　誰だ？　まあいい。入れ」

ドアが開けられて、五人組が入ってきた。

「おお、お前たちは……って、なんでお前、そんなにボロボロなんだ？」

「聞いてくださいよセデルさん。協会支部にいって『俺たちが統括する』って言ったら、アイツら反撃してきたんですよ！」

Ｓランクギルド。エクスカリバー。

セデル連合所属となったギルドであり……リーダーはトレイシーにボコボコにされたばかりである。

「何⁉　俺はＳＳランクギルド所属だぞ。その俺がトップの連合は、協会支部を従えるだけの権力があるはずだ。何故こうなった！」

「知りませんよ！　クソっ、あのガキと暴力受付嬢、絶対に許さねえ。あの支部も痛い目に合わせてやる！」

「そうだな。この俺の顔に泥を塗ったんだ。絶対に許さん！　……ところで、ガキと受付嬢というのは？」

「十歳くらいの幼女と、茶髪の受付嬢ですよ。Ｓランクギルドの俺たちを舐めやがって。クソがっ！」

「なるほど、確かに、ガキや受付嬢ごときが俺にたてついたも同然という訳だ。ただ、受付嬢だが……確か冒険者をやっていたやつがいたという話もあるな。まあいい。計画を立てて追い込んでやるか」

「頼みますよセデルさん」

「安心しろ。俺に全部任せておけ」

「……わかりました。セデルさんに任せますよ」

そういって、エクスカリバーの五人は部屋を出ていった。

……どこか、セデルと『エクスカリバー』の間に『差』がないように感じられるが、おそらくこれは、『エクスカリバー』側が、セデルに金と権力はあっても、大した『実力』はないと分かっているからだろう。

もちろん、セデルの『Bランク冒険者』という称号は決して軽いものではない。

が、今回の事態を動かせるほど優れてもいない。

「フンッ、ゴロツキが。支部の制圧もできないとは情けない」

「その程度のギルド。ということでしょう。Sランクギルドという称号も、先代トップが成し遂げた功績によるものです」

「だろうな。まあいい。俺の顔に泥を塗ったことに変わりはないからな」

ニヤニヤしながら、セデルはワインを飲んでいる。

彼の脳内の妄想はどうなっているのか、それはともかく……。

……ただ、一つ指摘することがあるとするなら、セデル連合という組織が、『規模の拡大』の路線を取っており、同類を集めていることはエリーも分かっているだろう。

その上で、『難癖をつけたいやつを全員呼べ』といって世界会議まで利用するランジェアと、『セデル連合の扱いを保留にしてくれ』というエリー、方法に違いはあるものの、どちらも、『一網打

尽』という言葉が大好きなのはおそらく間違いない。何せ、

「……ゴミ箱の調子は良さそうですね」

屋敷の最上階で、そんなつぶやきがあったそうな。

いや、そもそもだ。そもそもの前提の話をしよう。

キンセカイ大鉱脈から獲得できる金属の独占ということは……ホーラスの邪魔をするということだ。

その報いがどうなるか、それは、屋上にいる『悪魔』呼ばわりされる少女にもわからない。

第六話　バルゼイルの推論

冒険者の動きにおいて忘れてはいけないのが、竜石国だけではなく、ディアマンテ王国でも人数が増えているという事実である。

「……『宮廷冒険者』か」

バルゼイルは訝しげな視線で報告書を読んでいる。

「多くの冒険者が王都に流れ込んできました、中には高ランクギルドも多数。このような制度を設けるべきだという冒険者の声が大きくなっています」

部下のライザの補足を聞いて、バルゼイルは顎髭を撫でつつ……。

「お前はどう思……いや、私の意見を先に言おうか。私としては『正気を疑う』というレベルだ」

「神血族。宗教国家、血統国家、冒険者協会に分かれ、バランスを取っているというのが現状です」

「そうだ。『侵略行為』であるということが、コレの提案者にはわかっていないのだろう」

そもそもの話だが、冒険者ギルドは『中立』を掲げている。

どこかの国家に肩入れすることは中立に反する行為だが、『人のために行動すること』の善悪は中立以前の問題なので、『不満を解消する行為』であるクエストの発行がすべての国家で認められている。

だが、『国家の要職』として『冒険者』という枠を作ろうという行為は、『侵略行為』なのだ。

「もしもこれが通った場合、『多くの国で、宮廷冒険者という枠を作るための前例』になる。これは、『冒険者協会による国家への侵略行為』だ」

「もともと、冒険者たちは国家権力からの庇護がなく、冒険者とその関係者たちだけで自分たちの問題を解決できることが多いため、『国家を軽んじている』というケースはありますが……」

「それが顕著になった形というわけか。舐められたものだ」

バルゼイルは報告書を机においてため息をついた。

「あいつらは『宮廷冒険者』というものを、『国家によって認められた冒険者』とか、そんなふうに考えていないか？」

「噂を集める限りでは、私もそのように思います」

「それなら『宮廷専属冒険者』だろう。あくまでも『宮廷という範囲とは別』だ。冒険者のままで宮廷の『中』に入り込むなど、ありえん」

中立であり、どこかの国家に肩入れすることはない。それは事実だが、前提として『不満を解消する』という権利を持っているのだ。

その不満の解消に長い時間が必要な場合もあるため、『専属』という形は存在する。

この一言の差を利用して、上手く高ランク冒険者たちを煽った者がいる。

「ふーむ……この動きに対して、王都民はどう思っている？」

「不満がたまっているようです。暴動が発生する可能性も」

「一番多い意見は？」

「私が聞く限りでは、一番多いものは『直感的に受け入れられない』という具体性のないものですが、その次に、『冒険者のままで仕官できることは、中立という言葉を拡大解釈しすぎている』というものでした」

「ただ……」

「ならば、こんなものは要らんな。なぜこうも、受け入れられないモノをやろうとするのか」

「一部、『貴族ではなく冒険者を頼りにしている者』は、王都に増えていく冒険者を制御する意味でも、『宮廷冒険者』が必要なのではないかと考える、と」

「その通りです」

「……もう一度言おう。舐められたものだ」

バルゼイルはため息をついた。

「ただ、しばらくは泳がせておくか。まだ、今回のこれを描いている者の姿が見えん」

「ここで中途半端に止めた場合、他国で採用されるケースもあります。見せしめは必要です……しかし、その間の王都民のコントロールはどのように？」

「向こうが尻尾を見せるかどうか、それで判断しよう」

「畏まりました」

「……はぁ、歴史の勉強というのは、暗記ではないのだがな。百年前、今回のような『宮廷冒険者』のような制度を作った国が、ものの数年で滅びたことを、多くの民は知らないらしい」

バルゼイルはつぶやきつつ……何かを思い出したようだ。

「そういえば、あの『アンテナ』……勇者屋敷に届くのはそろそろか」

「確かに、私もそう考えています」

「……いろいろ言えることはあるが、私ならあの町で調子に乗るのはしばらくやめておくがね」

「私もです」

「ありとあらゆる戦術には『間合い』がある。どの方向にどこまで届くのか。これがわかるからこそ、回避することができるわけだ。ただ……『アンテナ』という、圧倒的な『間合い』を生み出すアイテムがあれば、そしてそれを、ホーラスが自由に扱えるとなれば……」

「あまり無防備でいると、流れ弾で何が起こるかわかりません」

「うむ」

しかも、ホーラスは十年近く使い続けてきて、その構造も理解している。

そして『ホーラスのものになる』のだから、改造も可能。

将来的に、文字通りホーラス専用になる可能性も高く、そうなった場合に『どこまで広くなるのか』が想定できない。

「竜石国のほうにも冒険者は多く流れている。何か企んでいる者はいるだろうが……おそらくアンテナが届いた時点で、ホーラスはそんなものは気にならなくなるだろう。あまりにもいい『おもちゃ』だからな」

「ほとぼりが冷めるまで引っ込んでいるのが定石でしょう」

「そうだ。竜石国にあるあらゆる正義も悪も、気が付いたときには踏みつぶしている可能性もある」

バルゼイルは目を閉じて思考を巡らせる。

「……しかも、この町と違って、竜石国はゴーレムマスターにとって重要な希少鉱石も手に入れやすい。本当に何が起こるかわからんぞ」

「竜石国に向かわせた商会への報告はどうしますか？」

「宝都ラピスから一番近い町まで下がり、様子見だな」

「では、そのように」

「うむ」

バルゼイルは目を開いて、窓の外の空を見上げた。

……勇者コミュニティという名の『冒険者』が魔王を討伐し、世界を救ったことで、冒険者という存在が調子に乗る土台はできた。

実際、冒険者に憧れる人間も着々と増えているだろう。

その上で、『弁える』ことができなければ、いずれ崩壊するのだ。

冒険者が仕官できる世の中を作った場合、『冒険者に依存した国』が出来上がる。

冒険者は中立を盾にどこの国にも入れる。こんな状態で仕官してもいいというのは、『移民政策に失敗している』のと同じだ。

移民政策に失敗した国が、一体どんな悲劇を歩むのか。

そして百年前、実際に悲劇は起きている。

「……冒険者か。神血旅と分けられている以上、強く追い込むこともできんが、王として示さなければならないことはあるな」

第七話　アンテナができたからっていきなりそれ作ります？

ディアマンテ王国にあった『アンテナ』だが、その実態は底面が一辺三メートル。高さ十メートルの『四角錐』である。

どこにあったんそんなの。と思いたくなるようなものだが、実際にディアマンテ王国の城に分割されて放置してあったのだから仕方がない。

……ちなみに、その体積はおよそ九十立方メートル。

とはいえ、やはり『アンテナ』なのでそのまま鉄の塊という訳ではなく、高さを確保するために鉄で補強されているだけなので、四角錐の九割くらいは空洞だ。

……それでも二十トン以上はあるので、『古代の遺産』というものがどれほどのものなのかがよくわかるというもの。作るのも楽ではない。

分割で運んだり、そもそも魔法で軽くしたりと、あの手この手でどうにかした。

屋敷の庭に運ばれて、高さ十メートルのそれがシンボルのような威容を発揮している。

「こんなものがあの城のどこにあったのですか？」

「地下に分割されたまま放置されてた」

「使わないといっているようなものですね」

「組み立てるのが面倒だったからそのまま使ってたけど、それでも王都をワンオペできたからな。

完全な状態なら、一体どこまでできるのやら」

「これを何に使うのですか？」

「ふーむ……まあ、まずはテストだな」

「テスト？　師匠の考えることはわかんねえな」

「また、何かとんでもないものを作ったということね……」

ホーラスは近くの倉庫に行って、箱に薄い金属板を大量に入れたものを持ってきた。

「なんですかそれ」

「通信魔道具だ」

「通信……あれって、建物を一つ使うような大型のものでは？」

「あの手この手でここまで小型化した……んだけど、俺自身が操作の射程範囲が狭いせいで、なんかうまくいかなかったんだよ。だから、このアンテナが来るっていうから、それに合わせて作ってみたんだ」

弟子四人は一枚ずつ板を手に取る。

下半分で数字入力をするようだ。

「ええと、起動を押して……ああ、このカバーの下に番号が振られていて、それで相手にかかるんだな。ランジェアの番号は？」

「『〇〇九』ですね」

「試作機だから百台しか用意してないんだよ。だから三桁だ。とりあえずテスターを集めて使ってもらって、感想を聞きたい」

「なるほど、まあとりあえず……あー」

ラーメルが板に声をかけるが……ランジェアのほうからは声が聞こえない。

「あれ？」

「着信ランプがついたままだろ。ボタン押さないと会話にならんぞ」

「それはそうですね」

ランジェアがボタンを押した。

「あー」

ラーメルがもう一度言うと、ランジェアのほうから『あー』と聞こえた。

「こんなに小型になるんだな。すげぇ」

「通話終了しないとずっとつながったままだぞ」

「あ」

ラーメルが通話を終了させた。

「どの距離まで届くのですか？」

「うーん。王都全域に届いてたから、宝都ラピスならどこでもつながると思うが、完全に組みあがってるアンテナだと『処理』がどうなってるか俺もちょっとわからんからな」

「その『ズレ』がどうなっているのかを知るために、テスターを集めたいと」

「そういうことだ」

「うーん……」

ティアリスが板を訝しげに見ている。

「どうした？」

「いえ、この板に使われている技術そのものは『高いレベルではない』ので、一体どういう構造になっているのかと……正直に言って、そんじょそこらの工房でも複製できますよ」

「え、そうなのか⁉」

「ああ、それなんだけど、通信処理を全部行なっているメインシステムが俺の部屋にあるんだよ」

「どれほど大型に……」

「一辺三十センチの立方体だ」

「ちっちゃ……」

「あと、この板、魔力を使用していないのでは？　いったい何を使っているのですか？」

「メインキューブの下に、魔力生成に特化した『パネルゴーレム』を置いてる。って、どうした？」

「師匠が、モンスターのほうのゴーレムに対しても造詣が深いとは思っていなかったわ」

主に、モンスターというのは体内に魔力を有しているが、現実としてこれは『体内で増えている』。

普段ホーラスは、自分の魔力を使って『魔道具としてのゴーレム』を動かしているが、『モンスターとしてのゴーレム』というのは自分で魔力を増やせるのだ。

それを傍において、メインキューブに魔力を送り込むことで、アンテナを介して『利用者が魔力を使わずとも利用可能』な状態になっているのだ。

なお、『魔道具としてのゴーレム』と『モンスターとしてのゴーレム』にどのような違いがあるのかに関しては、ここでは割愛しよう。

ただ事実を言えば、その『パネルゴーレム』は粉砕すると金貨が出てくるが、ホーラスが使っている武器を壊しても金貨は出てこない。

「まあ、俺くらいになるとな。というわけで、テスターを集めてくれ。使ってみた感覚をうまく言語化できるコミュ力高い奴だとなおいい」

「わかりました。とりあえず、配っておきます」

エリーが箱を抱えてそう言った。

……重いはずなのだが、軽々持ち上げるのは、ツッコんだところで無駄である。

★★★

「エーデリカ！　見てください！　通信ができる魔道具ですよ！」

カオストン宮殿にて、リュシアが輝くような笑顔で通信魔道具を掲げてエーデリカに見せている。

エリーがあちこちに配っているようだが、どうやら一台はリュシアのものになったようだ。

……ロリコンのエリーが渡さないはずがない。ともいえるが。

「こ、こんな小さい板で、通信ができるの？」

ただ、錬金術師であり技術者であるエーデリカとしてみれば、まるで意味が分からない代物である。

「エーデリカの分も貰いましたよ！」

リュシアが元気にもう一台取り出してエーデリカに見せる。

エーデリカはそれを受け取ると、じっくり観察している。

「うーん……あれ、これ、魔力を使う機構がないわね」

「ホーラスさんの自室にメインシステムが置かれていて、そこで魔力関係もアレコレしてるみたいですね！」

「一番重要な部分が濁された気がする」

「だって聞いてもよくわかんなかったんですよ！」

「でしょうね」

「私にこれを渡したエリーさんも分かってなかったんですから！」

「大雑把すぎるでしょ！」

別にエリーたちがリュシアに危険物を渡すとは思えないが、だからといって構造がよくわかっていない物を平気で受け取るのはやめてほしい。

エーデリカはリュシアの側近なので、そういうのは困る！

「……ん？」

リュシアが持っている方の着信ランプが点滅している。

「ち、緻密な構築の魔力が外から供給されてる。どうなってんのこれ……」

エーデリカが驚愕している間にリュシアがボタンを押すと、声が聞こえてきた。

『リュシア様。聞こえますか？』

「聞こえてますよ！　エリーさんですね！」

『ふむ、周囲を溶岩で囲っても通じると。なかなかの性能であちっ！　あっつ！』

「何やってんのよ！」

『ああ、エーデリカもいたのですか。とりあえず今回の魔道具はテスト機ですから、いろいろ試しているところです』

「だからって精密機器を溶岩で囲うな！」

『言うほど精密ではありませんよ？　そちらで使っているものであれば、いまのあなたでも作れます』

「マジで⁉」

『マジです』

あくまでも凄い性能を持つのはホーラスの自室にあるメインシステムであり、通話に使う板の方は複製不可能という訳ではないらしい。

もっとも、金属が多く獲得でき、錬金術という技術の重要度が高いカオストン竜石国の中で、宮廷錬金術師を務めるエーデリカが『できる』なので、求められる技術レベルは高いだろう。

とはいえ、ホーラスが関わった技術でエーデリカにも十分再現可能というのは、なかなか珍しい。

「そういえば、これってどこまで離れても大丈夫なんですか？」

『実験中ですが、宝都ラピスなら端から端まで余裕です』

「時代を先取りしすぎでしょ！　どうなってんの⁉」

『師匠といるとこういったことはよく起こります』

「納得です！」

「凄く納得いかないわね。なんでだろう」

高性能の魔道具を作れる人間が自国民にいる。それに対し文句を言うつもりはない。

しかし、扱いに困るレベルの技術が持ち込まれるのは、政府側の人間としては苦い顔にならざるを得ない。

「これがあれば、いつでもエリーさんと会話できるんですか？」

『ダンジョンの中と外は魔力が通らないので、私がダンジョンに入っている間は宮殿から通信できませんが、それ以外なら可能でしょう』

「うーん……すげぇ」

語彙力がなくなってきたエーデリカだが、こればかりは彼女自身が技術職に身を置くゆえに、技術の困難さがわかるからだろう。

めんどくさいことになった。

「とりあえず、今はテスト期間なんですね。製品版が出たらまたお願いしますね」

『一番最初にお渡ししますよ。どのみち、通信インフラに関して法律も必要ですから』

「ホーラスって、技術も事務能力もすごいけど、法律を作ったことはないもんね」

十年近い王都ワンオペは、それを可能とする技術力も経験値もすさまじいが、あくまでもルールの中で動く能力の話だ。

現在、自分が持っているルールに合わせて、社会のルールを作るという経験はない。

「うへへ〜。お待ちしてますね！」

通話終了。

「エーデリカ。完成品が楽しみですね」

「どんな機能がついてるのかしら。もしかしたら画像とかも遅れたりするのかも」

「エーデリカの胸の写真をいっぱい撮って広めましょう！　あだだだだだだっ！」

エーデリカが無表情のままでリュシアの頭をグワシィ！　と掴んで力をくわえている。

さすがのリュシアも、許してはもらえなかった。

第八話　黒幕の気配は、ほほ笑む悪魔の手の上に

「何？　携帯型の通信魔道具だと？」

宝都ラピスの辺境に存在するセデル連合本拠地。

セデルの執務室では、部下のアルバロが三つの板を机に置いた。

「はい。どうやら勇者の師匠が百台ほど作成したそうで、テスターを集めて使用した感想を聞きたいと」

「ほう？　なるほど」

「とはいえ、どれほど優れたアイテムであろうと、百パーセントの返答は得られないものです。三台だけですが、逆に言えば、三台だからこそ、我々が所持していることも気が付くことはないでしょう」

「なるほど、確かにそうだな。しかし……こんな小さなもので本当に通信ができるのか？」

セデルが疑問に思うのも無理はない。

通信という技術は、この世界では主に三通りになる。

一つ目に、魔法使いに『通信魔法』を取得してもらうもの。

ただし、通信魔法は攻撃性という意味では威力がとても低いが、内部の情報量が多く、『求めら

れる射程』が遠すぎるため、魔法としては『低威力、超精密、超長距離』に完全に特化している。

何十年にも及ぶ計画の中で満足する人間が二人か三人できるかどうかであり、できる人間はまず『一般市場』に降りてこない。

二つ目に、ダンジョンから手に入れた『通信魔道具』を使うこと。

これならば、硬貨さえ用意できれば通信が可能になる。

ただし、そのようなアイテムの存在が露見した場合、世の中の権力者が黙っていない。

高い性能を持つものは少なく、『世界会議の本部であっても使用手続きが面倒』なほど、確保できていないのだ。

こちらもまず『一般市場』には降りてこない。

三つ目に、『通信施設』を作り出すことだ。

ただし、これは圧倒的な性能を持つ中継施設がなければそもそも困難を極める。

何度も何度も計算を行い、精密な『長距離射撃』で別の施設に『情報体となった魔法』を飛ばす必要があるのだ。

しかも、人間の理論だけでは『超遠距離』に届かないため、希少な鉱石が必要になる。

まず、『調達しようとした時点』でバレるし、何よりダンジョンから獲得したアイテムと比べて傍受されやすいという、リスクとリターンが見合っていないものになる。

とにかく『困難』なのだ。

むしろ、訝しげな目線でみるだけで、失笑して投げ捨てるという行為を取らないセデルは、まだ

『良い方』だろう。

「私も使ってみたのですが、本当に使える様子。どこまで届くのかはわかりませんが……」

「まあ、それは実験してみないと分からないか」

セデルがそう言ったとき、ドアがノックされた。

「入れ」

「失礼します」

そう言って入ってきたのは、ピンク色の髪をショートカットにした少女だ。

十四歳くらいだろう。小柄だが、胸部は存在を主張しており、スーツのミニスカートから見える足もきれいな物。

そんな少女が、封筒をいくつか抱えている。

「セデル会長。いくつかお手紙が届いています」

「重要なものはあるのか？」

「『協会本部』からの手紙があります」

「ほう、見せてみろ」

「はい」

少女は封筒をセデルに手渡した。

「……確かに、協会本部からのものだな。ああ、もう下がっていいぞ」

「はい、失礼しまし――」

「ああ、そうだ。今日の夜。俺の部屋にこい」

「え？　そ、それは……」

「何をするかなど決まっているだろう。大怪我した冒険者の父親の治療費。誰が払っていると思ってる」

「す、すみません」

「謝罪に価値はない。夜に誠意を示してもらうぞ。業務に戻れ」

「は、はい……」

少女は青い表情で部屋を出ていった。

「……アイツも、アイツの父親も愚かだな。遠くから付与魔法をモンスターにかけて攻撃力を上げて、致命傷にならない程度の大けがを負わせるなど、嵌める手段として定石だろうに」

「陰謀を嗅ぎ取る知識も知恵もないということでしょう。ただ顔と体がいいだけの女にはわかりませんよ」

「それもそうだな。で、何々……」

手紙を読み始めたセデルだが、すぐに頷いた。

「さすがに情報が速い」

「というと？」

「協会の本部役員であるパストル様は俺の後ろ盾でな。どうやら、今回の通信魔道具に関する情報を掴んだらしい」

「それは……速いですね」

「本部役員の特権で、ある程度なら本部の通信魔道具も使えるが、携帯型の魔道具が欲しいということらしい。こちらには三台あるから、一台を俺、一台はお前、一台をパストル様にお渡ししよう」

「畏まりました。これで、セデル様の評価も上がりますね」

「その通りだ。しかし……ここから届くのか？」

セデルは暇なので、勇者屋敷を遠くから見に行った。

そこには巨大なアンテナが立っており、通信魔道具と聞いて思い浮かぶのはこのアンテナだが、これだけで届くのだろうかという疑問が出てくるのは当然だろう。

「通信性能はともかく、中継性能に関しては、本部にもアンテナはあるはずです」

「それはそうか」

……厳密に言えば、ホーラスが作った通信魔道具は、ホーラスの部屋にあるメインキューブが全ての処理を行なっているため、これを介さない限りうんともすんとも言わないが……別に彼らは魔道具技師ではないので、気が付かないのも無理はない。

「では、一台送ろうか。これから楽しみだな」

ゆがんだ笑みを浮かべるセデル。

ただ、彼はすでに、地雷を踏んでいる。

★★★

「ロリは正義、足がすべすべのロリは神。神に手を出すのは許しません」

「エリー。『むっつりスケベ』で『ロリコン』で『足フェチ』はフォローできませんよ？」

「ランジェア。わかってください。最近、幼女の股に顔を埋めて深呼吸できていないのでムラムラしてるんです」

「わかりたくありませんね」

「まあ、それはともかく、セデルを利用しないとパストルを引きずり出せないので、計画のためにまだ泳がせてあげますが……」

「が？」

「制裁のレベルを十五まで上げる必要がありますね。レベル五で済ませるつもりでしたが」

「それの最大は？」

「十です」

「大幅に上限をぶっちぎっていますが……」

「神に手を出すのですから普通の尺度など関係ありません」

「……」

「神の領域を侵せば神罰が下る。それを教えてあげましょう。未来に起こる全ての希望を掛け金《チップ》として積んでもらいましょうか。それを粉々に踏みつぶしてあげます」

ランジェアは黒いオーラを浮かべるエリーを見て思った。

こいつにも神罰が下ればいいのに、と。

第九話　外回りの途中で絡まれてる人

　エリーがセデルへの制裁方法を考えているころ。

「コピー機を作ったからテストとして使ってほしいんだよ。ここに紙を置いてカバーを閉じてスイッチを押せば、コピーしてくれるんだ。紙とインクが足りていれば、何枚でも同じものが作れるぞ」

　ホーラスはコピー機の営業に行っていた。

　しかも、質が高いスーツとシャツ、革靴である。

「コピー機ですか。それはすごいですね」

「書くって作業は本当に時間がかかるもんね。活版印刷とかいろいろ方法はあるけど、短縮できる時間には限界があるし」

　ちなみに売り込んでいる相手はリュシア王女だ。隣でエーデリカがコピー機を観察している。

「ただ、この町で売られてる紙を使ってみたらちょっと認識が弱かったから、これに適した紙とペンも用意した」

　そう言って、ペンと紙が出てきた。

「おおっ、すごく質の良い紙ですね。それに……ペンも、こんなに書きやすいものは初めてです！」

「うわすごっ、大召喚時代の言葉で『ボールペン』って言うのよね。サラサラ書ける」

クルクルと丸を書きながら使用感を試しているリュシアとエーデリカだが、どうやら満足している様子だ。

「コピー機に文房具。ゴーレムマスターはこんなものまで作れるのね」

「これがないとストレスが凄いからな」

そう言って遠い目をするホーラス。

十年近い王都ワンオペ歴は伊達ではないのだ。

「まあ、その顔を見れば、地獄だったんだってことはわかるわ」

「え、そんなにですか？」

ホーラスの顔に納得している様子のエーデリカだが、リュシアは理解するのに限界がある。

というより、リュシアは実際に働ける王族のトップとして日々書類を作っているが、実際はハンコを押したりサインを書いたりと、書類整理というより『作成』なので、実際にアレコレ書いているわけではない。

「そうよ殿下。とりあえずテストは引き受けるわ」

エーデリカがニヤッとしながらコピー機を見る。

……あとで分解する気ではないだろうなこの小娘。

「宮殿ならコピー機を使う機会も多いし、さっそく使ってもらうわ」

「何か不備があったら言ってくれ。試作機だから、まだ調整中の部分も多いんだ」

「わかりました！　あの……試作機なんですよね。これが完成したら、どうなるんですか？」

「勇者屋敷の俺の部屋にあるメインキューブと常に通信していて、何か書類に不備があった場合、コピー機のカバーで挟んだ時に訂正ランプが点滅するんだ。その場で訂正後の書類を出してみてもらうことも可能」

「そんなことが可能なんですか⁉」

不備があった場合にそれを感知するセンサーが付いている。

明らかにコピー機の役割ではない。

「これくらいの機能が必要だったんだよ。本当に。マジで」

十年近い王都ワンオペ歴は伊達ではない。

「まぁ、試作機だし、その機能が付くのは当分先だと思うけど、とりあえずコピー機としてお願いします」

「わかりました！」

「それじゃあ、また何か作ったら持ってくるよ」

「それはいいけど、宮殿は実験場じゃないわよ？」

そうは言うエーデリカだが、そもそも以前、新作の馬車のテストを宮殿の敷地でしたばかりであり、それを考えるとこれからも実験に使われそうではある。

ただ、一々心臓に悪いレベルで凄いものがやってくるので、調整が難しいのだ。

「まあそれはわかってるけど、それはそれということで」

「いつでも遊びに来てくださいね！」

元気な王女である。

　というわけで、ホーラスは宮殿を後にした。

「……で、人の荷車で何をやってるんだか」

　一応、協会支部などでもこのようなアイテムは欲しい。というか、クエストシートなんてフォーマットが決まっているものを一々手書きしているのだ。欲しいに決まっている。

　ほかにも渡す候補はあるので数台、荷車に載せているのだが……。

「おい！　この荷車どうなってんだ！　全然動かねえぞ！」

「どうやって固定してるんだ。この魔道具、まったく荷車から離れない」

「ガラスケースの中に文房具が入ってるけど、全然あかねえ！」

　白昼堂々と強盗行為に勤しんでいる犯罪者《ぼうけんしゃ》がいた。

「おい、俺の荷車に何やってんだ」

　ホーラスは怒りを通り越して呆れながら、彼らに近づいた。

「ああっ？　これ、お前の持ち物か」

「そうだけど」

「おい、コレで売れ」

　そう言って男が上着に手を入れると、そのままホーラスのほうに掴んだものを投げてきた。

　銅貨三枚である。

「……これだけで？」

「俺たちはSランクギルド『エクスカリバー』だ。俺たちにモノを売れるってことがどれほど大きなことか、わからねえわけじゃねえだろ？」

「冒険者……か」

ニヤニヤしている男たちを見て、ホーラスはため息をついた。

「……ああ、俺のことを、どっかの商会の新人だと思ってるのか」

ホーラスの外見年齢は十代後半であり、今の格好はスーツだ。

初対面の人間なら、どこかの商会の見習いか何かだと思うだろう。

そして……『Sランクギルドと取引した』という『字面』だけは確かに立派なので、それを盾に脅せば通ると思っているし、実際に、通った過去があるのだろう。

「不平等な取引だと思うか？　まあ、世の中には、こんなこともあるもんだ。社会勉強だと思って、これをおとなしく俺たちに……」

「『エクスカリバー』ねぇ。随分錆びついたもんだ」

「ああっ⁉　なんつったテメェ！」

リーダーらしい男がホーラスに殴り掛かる。

……一応言っておくなら、彼らは『Sランクギルド』と名乗ったが、『Sランクパーティー』ではない。

要するに、地位だけ高く、戦闘力は低いということだ。

もちろん、『Sランクギルド』という称号が軽いということは絶対にない。

拳の威力が低いことは、本人の『強さ』に比例しない。

もっとも……『たかがSランクギルド風情』が、『勇者コミュニティの師匠』に舐めてかかるというのは、あまりにも警戒心がなさすぎる。

「はぁ……」

ホーラスは少し、睨んだ。

それだけで殴りかかってきた男は、全身が金縛りにあったかのように硬直する。

「……なっ、あっ、か、らだ、が……」

「修羅場をくぐらないことは甘えではないし、お前たちの主義の善悪に興味はないが、自分たちがゴミ箱に入れられている自覚がないのは滑稽だ。俺の敵になる資格もない」

ホーラスが睨んだだけで動けないのは、目の前の男だけではない。

五人組。おそらく『エクスカリバーの主要幹部』だと思われるが、その全員が顔を青くして硬直している。

「お前らさ。憧れとかないだろ。あったとしても、とっくの昔に忘れただろ。そんな奴が、冒険者って領域に、土足で上がり込んでくるな」

ホーラスは、エリーとラーメルに言った。

冒険者は、『憧れを胸に秘めるべきだ』と。

当然、『憧れている存在』は、ホーラスにもいる。

もう彼は冒険者ではなくなったが、かつてその立場であったころ、憧れを胸に秘めていた。

もちろん、冒険者が憧れを胸に秘めるべき、というのは彼の主義の話であり、別にそれに対し何を言われようとホーラスは構わない。

しかし、その上で、冒険者は憧れをもって歩むべきだとホーラスは主張する。

「……はぁ」

ため息とともに威圧をやめた。

すると、五人組は地面に崩れ落ちる。

荷車の上で硬直していたものは、バランスを崩して地面に落下した。

「え、お、お前、いったい、なんなんだよ！」

「ホーラス。お前たちにわかりやすく言えば、『勇者の師匠』だよ」

「「「「!?」」」」

全員が驚いている。しかし……。

「そ、そんなわけがあるか！　お前が勇者の師匠だと!?」

リーダーらしい男は認められないのか、喚く。

ここでもしもそれを認めたら、『勇者の師匠』に喧嘩を売ったことになるからだ。

彼ら自身が、『高い冒険者ランク』というものが『好き勝手に行動しても許される』と考えているゆえに。

あとでどんな報復が来るのか、想像もできない。

そう、『持ち主が不在の時に、荷車で強盗行為を働き、それが盗めないからと、銅貨三枚で売れと脅迫する』という行為に、何が返ってくるのかがわからない。

ホーラスから何をされたとしても、『悪いのは彼ら』なのだから。

「ま、実際に盗まれてはいないからな。そこは未遂ってことにしておいてやるさ。どうせお前らはパストルの駒の予備に過ぎないからな」

「はっ？」

「わからなくていい」

ホーラスは荷車を引き始めた。

「言っておくが、別に許すつもりはないからな？　今回の強盗行為の話もそうだが。特に、冒険者を名乗りながら、『暴君』として動いてることだ。そこは、『俺が考える冒険者の姿』として最も不適切だ」

「ふ、ふざけるな！　勇者の師匠だからって調子に乗りやがって。魔王におびえて王都でビビってたのはお前も同じだろうが！　実際に、今！　Sランクギルドの俺たちの方が偉いんだよ！」

「だから強盗しても許されるって？　あんまり社会を舐めるな。通信機器が世に出始めた時代に、不注意な発言はしないほうがいいと言っておくよ」

衛兵たちが遠くから走ってきた。

「話は聞いたぞ。Sランクギルド『エクスカリバー』の幹部たち。勇者の師匠様への強盗行為とは、いったい何を考えている！」

「なっ……」

「逮捕だ！　最近は『セデル連合』などという迷惑集団がこの町でデカい顔をしているからな。どうなっているのか、そっちも吐いてもらうから覚悟しておけ！」

「ま、待て、あ、謝るから許し――」

「貴様らは厳重注意しようが謝罪しようがすぐに忘れてバカなことをするだろうが！　連れていけ！」

「「ハッ！」」

衛兵たちがさっさと動いて、五人を連行していった。

抵抗している幹部たちだが、そもそもこの国の衛兵たちはキンセカイ大鉱脈で実戦経験を積んでいるため、力もしっかり強い。

見たところ鍛えていない『権力者』でしかない五人に抵抗する術はなかった。

「……不謹慎を承知で言うが、元気だな」

「最近は本当にアイツらには困っていまして、ただ、国際法で、『被害届を出さないと被害にならない』ということになっていますし、実際、冒険者がこの町を潤している部分も少なくないので……」

「『高ランク冒険者ギルド』が相手だと強く出にくいと」

「そうです。過去に、『ギルドの幹部を逮捕した結果、その下をうまくコントロールできず、経済的に大きな打撃があった』という経験がこの都市の人たちにありますので……」

「……社会的な問題があった時はバランス調整を取り組むべきなのに、極論を言い出すのはどこも同じか」

「耳の痛い話ですが、そのような形です。不謹慎ですが、今回の被害者がホーラス様であってよかったと、少し思っています」

「……」

Sランクギルドの職員を逮捕するとなれば、被害者がそれに負けない力が必要になる。

なんとも、『法』というものを無視した行為だが、それはそれとしても、この衛兵も不謹慎過ぎないだろうか。

もちろん、それほど悩まされているということでもあるのだろう。

「それと、ホーラス様の耳に入れておきたい話が」

「ん？」

「冒険者の協会支部に、『宮廷冒険者』という枠を設けるかどうかという話があるのはご存じでしょうか」

「この前行ったとき、なんか言ってたな」

「現在はディアマンテ王国の王都で話が進んでいるようで進んでいないような、そんな形で、この国では話だけはありますが、進めてはいません」

「ふんふん」

「ただ、協会本部の方で、セデルをこの国の宮廷冒険者にするという動きがあるそうです」

「協会本部ねぇ……ああ、俺の耳に入れておきたい理由はわかったよ。情報。感謝する」

「ありがとうございます」

「じゃあ、業務頑張って」

「はい。ホーラス様も、また何かお作りになられた時は、宮殿を訪ねてください」

「覚えておくよ」

「では、私はこれで」

衛兵は一礼すると、そのまま歩いていった。

「……パストルのクソガキめ」

ホーラスは最後にそんなことをつぶやいた後、荷車を引っ張り始めた。

第十話　冒険者支部にて、パストル来訪

ホーラスに手を出した『エクスカリバー』の逮捕。

これが思ったより『効いた』……というより、勇者の師匠はあくまでも勇者の師匠であって、別に冒険者の『全面的な味方ではない』ということに気が付いたのだろうか。

そんなホーラスを師匠とする勇者コミュニティが『宝都ラピスにいる冒険者』をどう思うかというのにビビった人は多かったようで、一部まだわかっていない人はいるのだが、当初よりは控える

者が多くなったようだ。

　数日後。

　ホーラスは冒険者ギルドに『空気洗浄機』をテストしてもらうための営業に来たところだった。

「おねえちゃーーーん！」

「ナーシャ⁉」

　ピンク色のロリ巨乳の美少女に、ダンジョンからかえってきたナーシャが元気にとびかかっている。

「はぁ、あの間に入りたい」

「ナーシャ……姉がいたんだな」

　ホーラスはエリーを無視することにしたようだ。

「あの子たちの父親が大けがをしていて、姉……リーシャちゃんがギルドの職員として働いていました。が、そのギルドが『全世風靡』で、セデルの部下として働かされていたので……」

「親の方をどうにか回復させて今に至ると」

「そのような形ですね」

「その父親っていうのは大丈夫なのか？」

「ランクの高いポーションをぶっかけたので治っているでしょう」

「雑……」

　欲望に忠実であることは強くなる秘訣でもあるのでまだおいておくとしても、どんな空気になっていたのか想像するだけで頬が引きつってくる。

「お姉ちゃん。久しぶり！」

「久しぶり。あ、あの、ナーシャ。心臓の病気はどうしたの？」

「なんか治った！」

それで治ったら苦労はない。

「え、えぇ……ま、まあ、治ったらいいのかな。げ、元気にしてたんだね」

「もっちろん！　ここにいる人はみんな優しいからね！」

「よかったよかった」

ナーシャの頭を撫でているリーシャも笑顔だ。

ロリ巨乳な姉とロリの妹という、『その道の人』からすると狂喜乱舞するレベルの光景になっている。

（もっと抱き着いていてほしい、そしてできた四つの太ももの中に私の顔を挟みたい）

とんでもないことを考えている奴もいるにはいるが……。

「エリー。あまり憧れを穢すようなことはするなよ」

「何の話ですか？」

「……もういいです」

どうしようもなさそうだったのでホーラスは諦めた。

その時、出入り口のドアが開くとともに、高級なスーツを着た男が入ってきた。

年齢は二十代前半といったところだろう。

その後ろに黒いコートを羽織った『兵隊』を連れていて、どこか威圧感がある。

一瞬で、一階フロアの空気が緊張したものに変わる。

「……ここがこの町の支部か。随分みすぼらしい内装だ」

初手で軽蔑の視線を向けつつ、周囲を見る。

「まあいい。本部役員である俺、パストルの命令に従ってもらう。この協会支部の諸君には、『セデル連合』の指揮下に入ってもらおうか」

「なっ、いきなり何を……」

カウンターにいたトレイシーが声を荒らげたが、次の瞬間、彼女の左胸に氷柱《つらら》が迫っており……

ホーラスが掴んでとめていた。

ホーラスが強く握ると、氷柱はパラパラと崩れて消滅する。

「これが本部の兵隊の実力か。随分みすぼらしい魔法だな」

「……挨拶代わりだ。それくらい簡単に防いでもらわないと困る」

「あっそ」

ホーラスはカウンターから離れつつ、パストルに向かって歩く。

それを見て、パストルの後ろにいた五人の兵隊が前に出てきた。

先ほど氷柱を掴んでとめて、普通ならあり得ない現象で崩したのを見て、『実力者』だということはわかったのだろう。

兵隊たちの表情は緊張感をまとっている。

それに対して、ホーラスの表情は緩いものだ。

「何者だ、お前は」

「俺はホーラス。わかりやすく言えば、『勇者の師匠』だよ」

それを聞いたパストルは一瞬視線が揺らいだが、その視界にエリーを発見し、彼女が特に否定しないのを見て、『事実』だと分かったようだ。

「ほう……確か、冒険者ではないはずだな。ならば、ここで冒険者として登録し、私の部下になってもらおう」

「随分強気だな」

「フンッ！　勇者コミュニティは冒険者コミュニティだ。よって、協会本部の役員である俺の下だ」

「まあ、ルールを決めてるのは協会っていうのはかわらんし、そこはいいけど、冒険者になるつもりもないな」

「ガイ・ギガントを討伐したのは事実だろう？　要するに強者というわけだ。冒険者は民の不安や不満を解消することも役割だ。その誘いを断るということは、あくまでも私利私欲のためだけにその実力を行使するということ。自分勝手だと思わないのか？」

「……はぁ」

ホーラスはため息を隠しもしない。

「なんだその態度は」

「いや、冒険者協会が誕生した理由の一つは、力を持つ『旅人』が、国家や宗教の権力に邪魔されず、未知を掴む自由を守るためだ。そんな組織が、『奉仕を強要する』なんて……冒険者が旅人であることを、自由であることを忘れたのか？」

「そんな大昔の話など通用するか！　冒険者など、今ではただの社会の歯車にすぎん！　そして、協会本部がそんな歯車を管理するからこそ、世界は優れたものになるのだ！」

パストルの言葉に、一階フロアにいた冒険者たちは眉間にしわを寄せた。

もっとも、『社会の歯車』だと断定されたのだから、イラつくのも当然だ。

しかし……世界が優れたものになるかどうかは、別の話だ。

「世界は優れたものになる……ちょっとお前の野心がチラチラ見えるな。お前もしかして、神血旅を全く気にせず、『冒険者協会』だけで、世界のすべてを管理できると思ってないか？」

「当然だろう！」

「……世界の総人口は二十億人。冒険者はその一万分の一の二十万人だろ？　『それっぽっち』しか管理したことがない協会本部が、『世界』をバカにしすぎだ」

逆に言えば、総人口の一万分の一の人数だけを扱い、『神血旅』と、『宗教』や『血統』に並ぶだけの権力を築いているのはすさまじいことだ。

ただし、大きな勘違いを生んでいるのも事実。

『管理者側』もそれに比例したレベルの人数しかいない。

しかし、それでも『血統国家の集まり』である世界会議に発言権で負けないということは、権力の集合体として巨大なものだ。

要するに、『大きな権力を少ない人数で扱っている』ため、一人一人が持つ権力がとても大きなものになる。

パストルは本部役員。まだ若いので『上級役員』とはならないが、それでも、金貨一万枚程度なら簡単に動かせるだろう。

「勇者コミュニティの師匠が、冒険者協会を愚弄するのか！」

「そうだよ。俺は冒険者は好きだが、協会本部はお前みたいなのがいるから嫌いだ」

まっすぐにパストルを見るホーラス。

五人の兵隊を前においておこうとも、『ホーラスが持つ圧力』の前には壁にもならない。

「冒険者っていうのは、『真っ当な自由』のためにあるんだ。別にお前の主義の善悪に興味はないが、それだけは忘れるなよ」

少し威圧する。

押しつぶすのではなく、ジワジワ恐怖を与えるような、そんな質の威圧だ。

パストルはそれに負けて数歩下がり……。

「きょ、今日はこれで帰ってやる。だが……ホーラス。勇者の師匠だからと言って調子に乗るなよ！　貴様は元冒険者だが、城で働くためにそれをやめ、今は城での勤務もやめている。ただの一般人にすぎ――」

次の瞬間、パストルと兵隊五人は、ホーラスの威圧で上から押さえつけられた。

「俺が一般人だって？　面白い奴だ。お前が本部役員だから、俺が口だけで手を出さないと高を括ってるのがよーくわかるぞ。まあ権力は大きいし、実際、反撃されたことなんてないんだろうな」

ゆっくり歩きながら、パストルに近づく。

兵隊の間を素通りしながら、彼に近づいて、胸ぐらをつかんで持ち上げた。

「なっ、かっ……」

「まあとりあえず……一発で勘弁してやる。安心しろ。傷が残らず、痛みだけにしてやるから」

「まっ」

ホーラスは右の拳を振りぬいて、パストルの頬にぶち込んだ。

パストルはそのまま支部の外まで飛んでいく。

「……お前らも、パストルを回収してさっさと帰りな。いいか？　この町には俺がいるんだ。あんまり調子に乗るなよ」

威圧を解除。

すると、兵隊たちはふらつきながらも、支部を出て、パストルを回収して帰っていった。

「で、エリーは何やってんだ？」

エリーだが、リーシャとナーシャを向き合わせて、自分の胸に二人の耳を当てて、その反対側を自分の手で塞いでいた。

「こんな大人の醜い部分を見せるわけにはいきません」

無表情で二人から離れつつそう言っているエリーだが、内心はお察しだろう。

「まあ、俺からは何も言わんよ。しっかし、アイツも随分、調子に乗るようになったなぁ……」

外を見ながら、ホーラスはつぶやく。

「……竜石国と王国の『宮廷冒険者』の話はアイツか。ふざけたことしやがって」

最後に一度、ホーラスは大きなため息をついた。

★★★

「クソがっ！　絶対に許さんぞあのゴミがあああっ！」

セデル連合が使っている建物にきたパストル。

あまりにも表情が怒りに包まれたもので、執務室で『あのロリ巨乳がいなくなったか、次を調達しないと』とのんきに考えていたセデルは急に入ってきたパストルにびっくり。

彼としては、『そろそろ通信機器が届いたかなー』くらいの印象だったのだ。

実際にパストルが執務室に入ってきて、しかも完璧に怒っているとなれば、びっくりするのも無理はない。

……セデルがスッと椅子から立ち上がると、パストルはそれにどっかりと座った。

そして荒れ狂っているというわけである。

「勇者の師匠だからと俺をバカにしやがって、何様のつもりだ！」

セデルはなんとなく何があったのかは予想できた。

もっとも……パストルが冷静なままでここに来ていた場合、ここに用意している家具のレベルが足りないとネチネチ言われていたはずなので、怒りでそこがわからなくなっているのは幸いである。

……すぐに喉元を過ぎるだろうから、新しい家具の用意はするけど。

「セデル。『宮廷冒険者計画』はどうなっている」

「現在、意見に賛同する冒険者を集めています……しかし、Sランクギルド『エクスカリバー』が、ホーラスの物資を強奪したとか、それで逮捕されています。その結果、勢いは以前ほどではありません」

「またしてもアイツか！　アイツは勇者コミュニティの師匠だろう！　勇者コミュニティは冒険者コミュニティでもある。多少の犯罪くらい目をつぶればいいものを……」

フツフツと怒りが湧き上がっているパストル。

「なぜこうも俺の計画が進まん！　この宮廷冒険者が認められれば、一気に時代は冒険者のものになる！　貴族も宗教も、魔王討伐には何も貢献していない。勇者コミュニティが単独で、誰の援助も受けずに倒した今、世界を牛耳る流れが冒険者協会にあるのだ！　なぜここまで土台が揃っていて、計画が進まない！」

……『冒険者が世界を牛耳った経験』は、この世界にはない。

あくまでも中立なのだ。

要するに、『冒険者であること以外の立場』を掲げることを、冒険者のままですることはない。

ランジェアたちのように、冒険者でありながら大きな功績を手にし、莫大な財力と名声を得たものは歴史の中で少なくない。

だが、そんな冒険者であっても、『功績のもとに建国する』となれば、冒険者をやめなければならない。

建国するということは『王』になるということであり、それは冒険者の在り方ではないからだ。

確かに影響力はある。

モンスターを倒せば硬貨が手に入るという世の中で、強大なモンスターを倒せるものが、冒険者には多くいる。

しかし、あくまでも、『冒険者』は、『冒険者であること』を忘れてはならない。

それをパストルが理解できるかどうかは、別として。

「クソっ、高ランク冒険者は少なくなっている。それもまた向かい風か。クソオオオォォォ……」

唸り声を出すパストル。

高ランク冒険者が以前より少ないというのは当然のこと。

やはり『戦う』ことが多いゆえに、魔力の操作技術に優れている女性なら入ってくることもあるが、基本的に冒険者というのは男性が多い。

当然、高ランク冒険者には男性も多くなる。

そうした中で、『魔王』が現れ、わかりやすい目標ができた。

もちろん、魔王が男性支配の力を持っていることは早々に知れ渡っていたが……現状、勇者という存在を舐めている者がいるように、魔王という存在を舐めている者もいる。

精神異常耐性のマジックアイテムを身に着けることで、魔王の力から逃れることができると、本気で考える『本部の職員』も多かった。

それゆえに、協会が抱える細工師や魔道具技師を集めて『精神異常耐性』のマジックアイテムを大量に確保し、金を出せば乗ってくるような高ランク冒険者を集めた。

具体的な数字を出せば、Aランク冒険者千人。

上級を超え、『優秀』な人材を千人集めた。

その全員に精神異常耐性のアイテムを与えて、当時、魔王軍の最前線であり、魔王がいると分かっていた『大都市』に攻め込んだ。

これで勝てば、魔王を討伐した英雄になれると意気揚々と攻めこんで……魔王が姿を現した瞬間、全てが虜にされた。

大失態だが、当時、ランジェアたちの活躍が大きかったことと、衰弱を続ける国が多く『良いニュース』を聞きたい人間が多かったこともあって、大失態はもみ消された。

そして、魔王討伐の四年前、この作戦を計画し、実行した張本人こそ、当時十九歳のパストルである。

Aランク冒険者千人と、マジックアイテムを作り出す工房と、必要な物資を運搬する者たち。

これほど若い役員がこれを動かせるのかという点に関しては、『それまでの功績』のこともあり、『権限』は問題なかった。

だが、彼の下には優秀なブレインが何人もついて、彼が動かせる予算だけでは足りず……『協会本部は、勇者コミュニティに借金をしている』というのが現状。

そして何の成果も得られず、すべての冒険者は魔王から与えられた『劇薬』によってモンスター化し、ランジェアたちに討伐された。

パストルがここまで勇者とその師匠を舐めてかかれるということは、借金の存在は知らないだろう。

「俺を、俺をバカにしやがって、絶対に宮廷冒険者を認めさせてやる！　俺は本部役員だ！　冒険者を管理する側だ！　俺をバカにする冒険者も、その師匠も、絶対に許さん！」

パストルは覚えている。

自分が大失態を演じた四年前。

あの日から、新聞には勇者コミュニティの功績や歩みが、いつもより掲載されるようになったことを。

ランジェアをはじめとした『幹部』だけではなく、構成員の小さな功績も評価され、それで『紙面が埋まっていた』ことを。

「宮廷冒険者計画は、『移民』という概念を利用した国家侵略だ。これを成功させれば、冒険者が世界を牛耳る歴史的功績の第一歩として、俺の名が刻まれる。ディアマンテ王国も、カオストン竜石国も、俺の手柄の第一歩になってもらうぞ！」

竜石国は勇者がいるため、冒険者の勢いが強い。

そしてディアマンテ王国は、冒険者が流れ込んだだけではなく、もともと『避難民』という名の『移民問題』を抱えている。

この二国で国家に対し、冒険者協会という権力が侵略する。

それが、彼の考えている筋書き……という名の妄想だろう。

第十一話　パストルに対するラスター・レポートの印象

「パストルが来てたのか」

「あー。彼ですか。エリーが何か企んでいる理由もよくわかります」

パストルに右ストレートを叩き込んだ後、ホーラスは勇者屋敷に帰ってきた。

エリーは用事があるからとどこかに行ったが、ラーメルとティアリスはホーラスから話を聞いていろいろ思うところがある様子。

「四年前の『大事件』……本部はもみ消そうとしているけど、やっぱり情報として入ってくる。パストルの行動を知って、『何をバカな』と思ったもの」

「オレも驚いたぜ。魔王を舐めすぎって話だろ」

マジックアイテムの開発も製造も簡単ではない。

相手は魔王なので、量産できる魔道具を使うとしても質の高い素材を使うと考えれば、それを手に入れるのも運搬するのも、かなりのコストがかかる。

もちろん、本部役員は様々な権限があるため、冒険者コミュニティに所属している技術者を動かすことは可能だろう。

ただ、あまりにも作戦が上手くいきすぎていた。本当にあとは魔王がいる大都市に攻め込むだけ。

というところまで、莫大なコストが短期間で滞りなく消費されたのである。結論は残酷、かつ予定調和と言えるものだったが。

「とはいえ、それ以前から彼は私たちに接触しようとしていたけど」

「勇者の活躍の裏側でこんな援助をしていましたって言いたいやつは多かったし、その一人だろうって無視してたけどな」

「……なるほど、貴族や宗教は舐めまくってたけど、本部としては、関わりたいとは思っていただろうな」

貴族というのは本当に、高位になればなるほど現場に出てこない。

魔王が世界を侵略していたというのに、あまりにも危機感がなさすぎるのだ。

……もっとも、そうなった理由の一つに、『ホーラスがディアマンテ王国の王都をワンオペしていた』ということは含まれているだろう。

世界中が混乱したり衰弱したりしている中、『ディアマンテ王国王都』だけは、避難民を抱えても十分な生活ができるほど余裕があったのだ。

だからこそ、『混乱だとか衰弱だとか、そうでもないのでは?』と楽観視する貴族が、ディアマンテ王国とその周囲にはたくさんいたのである。

そして、貴族は貴族としか付き合わないため、楽観視したディアマンテ王国の貴族が周囲の人間と話す場合、その相手も貴族になる。要するに、現場に出てこない権力者になる。

結果的に、『魔王の方もそうでもなさそう』という判断が無意識に、自然に広まったことで、貴族たちは勇者に舐めてかかるという状態になっていた。

しかし、冒険者協会本部は違う。

『冒険者コミュニティ』であるラスター・レポートが、魔王が侵略を続ける中で大きな成果を出し続けている。

冒険者を管理している組織として、これを利用しない手はない。

ただ、あまりにも、『ラスター・レポートという組織が強すぎる』のだ。

ほぼすべてを『自分たちでどうにかしてしまう組織力』など、そう簡単に集められるものではないし、それを『経験』が足りないはずの年若い少女たちがするというのは、普通なら考えられない。

入り込めない上に、彼女たちが求めているモノを用意しようとすれば、SSランクに依頼しなければ手に入れられないような素材を平気で要求する。

本部としてはどうしようもなく、『邪魔をしない』という方法をとる以外の道はなかった。

「パストルは行動だけは素早かったぜ。それに、自分の功績を積み上げることに遠慮がなかった。最初は出世欲とか、野心とか、そういうのが強いのかって思ってたけど……」

「今の彼の行動を見る限り、『冒険者による世界の統治』を掲げているようですね」

正直に言えば、『呆れる』という一言に尽きる。

「俺も、王都で働いていた時にパストルの情報は入ってきた。まあ、なんせ派手な動きをしてたわけだからな。ただ……不可解なことがある」

「私もあります」

「オレも」

ホーラスの意見に二人は頷いた。

「その『精神異常耐性』のマジックアイテムだが、『設計図がどこから湧いてきたのか』ということだ。性能の低いマジックアイテムならともかく、魔王に通用すると錯覚するほど高性能で、なおかつそれを量産する。それは安い情報じゃないからな」

魔王討伐の四年前に行われた作戦だが、言い換えれば魔王の出現から十年以上経過しており、その被害の大きさも性質も広まっている。

そんな中で、『この性能なら通用する』と思わせるほどの魔道具を考案するのは、正直に言って周囲から頭一つ抜けた技術力だ。

「大事件で知ったのではなく、それ以前に知ってたのね。何故うまく邪魔しなかったのかしら?」

「あー……これは俺にとっても想定外だったんだよ。なんか『精神異常耐性』のマジックアイテムを大量に作ろうって話が出ていて、そのために様々な人材が集められていたが……作ったアイテムは、悲惨な現場を解決するために使うものだと思っていたから、放置してたんだよ」

「悲惨な現場?」

「魔王は男性に対して絶対的な支配ができるから、男性を殺そうとはしない。ただ、女性に対しては通用しないし、魔王の独占欲はとても強いといわれてる。お前たちも、本人に会ったときはそう思っただろう」

「その通りだぜ。魔王は加虐趣味はないけど、要らないモノはすぐに排除する傾向があるっていうか、シンプルにただこう……『普通に殺された女性』っていうのが多かった、最前線の町に行けば、そんな女性の遺体があちこちに散らばってるなんて日常茶飯事だったぜ」

「そんな現場に行くんだ。『精神異常耐性』のマジックアイテムくらい必要だろう」

有事の際における現場というのは、本当に悲惨な光景が広がっている。

写真を撮ることはできても、『これを世間に公表すると悪影響が出る』と判断されたもの……特に人の死体が映っているモノを出さないという風潮はある。

しかしそうなると、『そこに死体が並んでいた』という事実に対し、民衆は鈍感になるのだ。

何が正しいか正しくないかというより、『何を優先するか』という話なので答えを出すことはできないが、そういった現場にいって、片づけをするものは実際にいる。

そういった状況に対し精神的なケアをすることの重要性を理解している人間は、『現場から遠いほど』わからない。

「なるほど、そっちに配るためのものだと思ってたわけね」

「そうだ。高ランク冒険者を集めているのは、アイテムの素材集めだと思ってたし、商人たちが動いているのは、物流で優れているからだと考えてた。だから放置してたんだよ」

現場の悲惨さを知っている人間ほど、ホーラスの結論が頭によぎるものは多いだろう。

「で、まぁ、そういうわけで、俺は邪魔をしていなかった」

「そういうことね」

ティアリスたちがその結論に到達しないのは、彼女たちが麻痺しているからだ。

そもそも、魔王の虜になった男性を『殺処分』してきたのが勇者コミュニティのメンバーなのだから、死体が並んでいる光景に対して一々気にしていられなかった。

その段階にまで来てしまっている。

まあ、それはともかく。

「最近は思い出すたびに、『大事件を引き起こすために、誰かが情報を提供したんじゃないか』って思えてくる」

「辻褄が合うのがなんとも言えないわ」

「だよなぁ、あと、実際に配られたマジックアイテムは、『メダル』や『札』といった形なんだけど、なんか心当たりがあるから、オレとしても気色悪いぜ」

パストルの大失態。

魔王を舐めすぎたが故のものだが、どうやらそれだけが原因ではない様子。

「とはいえ、アイツがこれからどうやって行動するのか。それはまた違う話か」

「ただ、勇者コミュニティにはかかわってくるでしょうね」

「そうか？」

「普通は冒険者に登録する場合、中立確保のために『市民権は停止』するけど、勇者コミュニティは本当に例外で、『冒険者としての肩書がありながら、竜石国の国民』なんだよな」

「パストルが考えている『宮廷冒険者』だけど、この話を通すうえで、最もゴールに近いのは私たちということになる」

「……やっぱり接触してくる事実は変わらんか」

関わってくると分かってはいる。

しかし、別に強くぶっ叩こうともしない。

なんだかチグハグなものだが、これに関しては……『ホーラス流一網打尽戦術』には、いろいろ手順があるというだけのことだろう。

ランジェアとエリーがどこか『一網打尽』を思わせる行動をしたのは間違いないことで、共通した戦術をとるということは、それが一番いいと教えた人間がいるということ。

彼女たちの共通の師匠がホーラスなので、ホーラスもまた、一網打尽、そう、『一撃で火元は元より、周囲にある燃料ごとまとめて処分する』という思考様式を持っている。

「そういえば、ティアリス。『エリーがなんか企んでるのも分かる』って言ったけど、どういう意味だ？」

「え？　ああ……エリーって商人でしょ？　一番パストルが接触しやすかったのか、ウザいことをたくさんされたという話よ」

「あっそ……」

権力者特有の危機感のなさ。『悪魔』に手を出すとどうなるのか、自分が今、どんな『掛け金《チップ》』を積み上げているのか。

最後まで、パストルにはわからないだろう。

第十二話　演説から始まる、本部役員パストルの受難

パストルの目的は、最終的には『冒険者によって統治された世界』を作ること。

ただし、だからと言って武力でどうにかできるわけではない。

そもそも世界人口の一万分の一しかいないのが冒険者であり、確かに一騎当千の猛者もいるが、それだけでは『戦争』はどうにもならない。

世界を勇者が救ったのだから、世界は冒険者のものだというのは、最低限必要な理屈をすっ飛ばしすぎて、どれほど言おうと通ることはない。

それでは勇者ではなく、新しい魔王だ。

そこでパストルが考えたのは、『宮廷冒険者』という枠を各国で作り出すこと。

ある種、冒険者の『移民』という属性が持つ『悪性』を利用したものだ。

そもそも、冒険者の『協会支部』というのは、不満の解消や雑用の消化などのノウハウが蓄積されている。

本来は『政府』の総務がやるようなことであったとしても、協会支部があることでそれらが解決するというのはよくあること。

しかし、『政府』とは線引きをしなければならない。

冒険者が冒険者のままで『仕官』することはあってはならないし、政府側があれこれ理屈をつけて『冒険者を取り込む』ということもあってはならない。

悪性の例を挙げれば、政府の中に入れるとなった場合、『政府だけが持つ隠された情報』に触れる機会も多くなること。

しかし、それでも彼らは冒険者であり、『冒険者協会』の命令に逆らうのは困難だ。入り込んだ国の規模が、協会本部よりも勢力が小さければなおさらである。

本来なら隠されていた情報が協会本部にもれることも多々ある。

加えて、中立を盾にどこにでも入れる冒険者を政府職員として雇えるというのは、『どこの国で生まれたのかもわからない外国人』であっても、政府の中枢で働かせることができるともいえるが、これは『政府が持つ人を雇う能力の低下』につながる。

技術やノウハウというのは『継承』するためにあるが、『冒険者』が働く場合、『自国民』という意識がない。

大変だったり地味だったりする作業をまともにこなさない場合も多いし、離職率だって高くなる。

すごく簡単に強烈なことを言えば、協会本部が諜報員《スパイ》を送り込みやすい。

……悪性の『答え』として、こんなものは氷山の一角だろう。

要するに、『宮廷冒険者』という枠を設けるというのは、『最悪レベルの規制緩和』なのだ。

そして、パストルはこれを狙っている。

ある意味、この手段を選んだ彼は賢いのだろう。

中立を掲げる故にどこにでも入れるという冒険者だが、あの手この手の理屈を使って『宮廷』でも働けるというのは、前例がいくつかできれば多くの国で既成事実化する。

そしてそれは、『冒険者が、どこの国であっても、何の制限もなく働ける』という前例につながる。

移民型国家侵略として、その第一歩に『宮廷冒険者』の実現を掲げるのは、理にかなった戦術なのだ。

しかも、ランジェアたち『ラスター・レポート』という冒険者集団が魔王を討伐したことで、『これからは冒険者の時代』と考える人間は実際に多い。

本当に頭がいい。

頭はいいが……。

移民に関する規制緩和の悪性がわかっている人間からすると、あまりにも腐臭が強すぎる。

★★★

「……思うんだが、アイツらって、人《ひと》ん家《ち》の前を演説スポットか何かと勘違いしてるのか？　確かに勇者屋敷の前は話題になりやすいってのはわかるけど」

二階の窓から外を見るホーラス。

そこから見える広い庭と、敷地を囲む壁の向こうで、『台』が用意され、セデルが演説をしている。

「勇者コミュニティが魔王を討伐した。だが、その勇者はこんな辺鄙《へんぴ》な国に屋敷を構え、大した

『立場』を持っていない！　これは許されないことだ！　世界を救った勇者には、それ相応の立場が与えられて当然のこと！　ならば、『宮廷冒険者』として、国家の中枢に立場を与えられるのは、正しいことだ！　真っ当なことだと思わないか⁉」

以前、エクスカリバー逮捕時の兵士が言っていた言葉が事実ならば、パストルはセデルを宮廷冒険者に据える予定だったはず。

ただし、どのような思考が働いたのか、どのような軌道修正があったのか、『勇者』が『宮廷冒険者』になるべきだという、そんな話になったようだ。

それそのものに対してセデルが不満な表情をしているようには見えないが、誰が台本を書いたのか、スラスラと口から言葉が出ている。

「勇者が魔王を倒した。これからは冒険者の時代だ！　そんな時代の最前線を歩む勇者には、時代を示す立場が与えられるべきだ。神血旅などと分けられているが、『世界を救った勇者』には、その領域を超える『大義』がある！」

これからは冒険者の時代。

最近はその言葉を聞くことも多くなったが……ホーラスとしては、別に誰の時代であろうと構わない。

（安全に、安心して、物を作れる。それを消費できる。それができる社会が発展する。権力者は、その安全と安心を確保する。それだけでいいと思うんだがなぁ……）

理想論を内心でつぶやきつつ、ホーラスは呆れた目でセデルを見ている。

「この国に訪れた冒険者や商人の皆も、不満はあるはずだ！　キンセカイ大鉱脈からとれる鉱石の利権は、この国の国民が最優先！　俺たちはそのおこぼれを得ているに過ぎない。おかしいだろう。俺たちがとってきた鉱石だ！　俺たちが得たものを自由に使う権利が、俺たちにはあるはず！　勇者が『宮廷冒険者』の地位を得たら、冒険者と国民の立場は対等だ。これで、冒険者が手に入れた鉱石は、冒険者が自由に使うことができる」

必要な理屈をいくつかすっ飛ばしているが、『目先の利益』を提示するというのは演説において重要だろう。

「何度でも言う。世界を救った勇者には、『立場』が必よ――」

「セデル。もう黙れ」

「っ⁉　……あ、アイヴァンさん」

セデルが気持ちよさそうに演説をしていると、彼が所属するSSランクギルド、『全世風靡』のギルドマスター。アイヴァンが止めに来た。

「おやおや、アイヴァンさん。彼の言葉に不満があると？」

止めに来たアイヴァンへの牽制か、パストルが横から出てくる。

「不満以前の問題では？　随分、バカバカしい話をしているものです」

エリーが屋敷から出て、彼らに話しかけながら歩いている。

「……えっ、え？」

いきなり重要人物が勢ぞろいして、状況が理解できていないセデル。

彼はおそらく、『演説権』を持たない『本部役員』であるパストルの代わりに喋っていただけなのだろう。

まだ初日で、『これから事態が動き始める』と思っていたのだ。

ただ、初回でこんなことになって、頭が混乱している。

「……アイヴァン。久しぶりだな。この町に来てたのか」

そんな中、窓から外を眺めながら呟くホーラスは呑気なものである。

★★★

セデルの演説中に。

SSランクギルド『全世風靡』のギルドマスター、アイヴァンが止めに来て。

冒険者協会本部役員、パストルが割り込み。

ラスター・レポート商人長、エリーが微笑みながら介入する。

立て続け、とはまさにこのことだろう。

一気に自分の『格』ではどうにもならない人間が出てくるというのは、強烈なほど『背筋が凍る』ものだ。

「……はぁ。とりあえず俺からでいいか？」

アイヴァンはセデルを冷めた目で見る。

「セデル。お前を『全世風靡』から追放する」

「えっ……な、なんだと!?」

「それは困りますねぇ。アイヴァンさん。彼が一体何をしたというのです?」

「……俺が作った『全世風靡』の権威を盾に何をしようと、俺に迷惑をかけないのであれば、『未知』を手にするためのものならば何も言う気はない。しかし、この世界が『神血旅』を掲げる限り、冒険者は、冒険者でなければならない。セデル連合は、それを真っ向から否定しているからだ」

「ほう、現在の勇者コミュニティの立場とあり方が正しいと? 行き先を選べば、こんな屋敷の十倍以上の敷地があるところに住むこともできるでしょう。魔王を討伐するという世界最大の成果の結果が、こんな屋敷と小国の国籍だけで許されると?」

「……なるほど、そういう話の展開か」

アイヴァンはため息をついた。

神血旅の領分を超えることは、世界のバランスそのものに影響を与えるのと同じ。

だからこそ、勇者コミュニティであってもそれが『冒険者』であるならば、領分を超えることはない方がいい。

その前提に立った場合、『その上で国籍を得ている』という部分に『モヤっとする』部分はあるかもしれない。

ただ、ここで『竜石国における政治への発言権』を勇者コミュニティが主張すれば『アウト』だが、別にまだ『ネチネチ言われるほど攻めたことはしていない』のだ。

そもそも竜石国が『冒険者に対し、キンセカイ大鉱脈の奥への侵入権と、手に入れた素材を全て持ち帰る権利を認める』というのは、この国の法的にも可能である。

『国籍』云々で突っ込まれると後で面倒なので、勇者コミュニティは『一応』、国籍を得た今でも、ほとんど『冒険者』としてふるまっている。

何かを得ることと、それを行使することは全く違う。

国籍と市民権を手に入れたが、それらを『停止』させて、冒険者に与えられる特例という範囲で、現在の勇者コミュニティはこの都市で生活しているのだ。

当然だが、竜石国の法律関係に詳しい人間にティアリスあたりが確認し、それをラスター・レポートで共有するという方法でバランスを取っているのだ。

しかし、とある『理屈』が存在する。

「世界を救った勇者には、与えられるべきものがたくさんある。しかし、現状はこんな屋敷と国籍だけ。少なすぎる。小さすぎる。これでは、『英雄』の価値が下がる。そう思いませんか？」

そんな細かいことを気にせずとも、様々な『特権』や『特典』を与えられて当然なのが『勇者』という称号。

魔王という存在が神血旅を脅かすものであり、そんな魔王を倒した勇者は、神血旅の垣根を超える権利があると。

そう、『そこまでの存在でありながら』今の彼女たちは小さな屋敷と小国の国籍だけ。

これでは、後の世代に対し、示しがつかない。

そういう論理を展開することで、勇者たちはさらに大きな立場が与えられてしかるべきだと。そしてその立場が、『宮廷冒険者』だと。

パストルはそう主張している。

「今さらだな」

「何？」

「世界はまだ、勇者も魔王も『舐めて』いる。魔王はその強さ以上に『特性』が凶悪で、『力がありながらもあきらめざるを得ない』と思うものは多かった。だからこそ、『実際に戦えば、自分たちの方が勇者よりも強い』と思うものが後を絶たない」

アイヴァンはため息をつく。

「何度もそういうやつを見てきた。魔王が持つ男性支配の特性によって『行動しない大義名分』を得た者の傲慢は、今も続いている」

「そう、だからこそ、世界がしっかり認めなければならず――」

「世界会議に身を置く最大の国王は、勇者に対し、『感謝を述べた』そうだ。お前はやってないだろう。そりゃそうだろうな。お前にとって勇者というのは今も、『自分が管理できる存在』なんだ。馬鹿みたいな話だろう」

「そ、それは今回の件とは何も……」

「関係あるさ。そんな馬鹿なことを考えているから、『今回の騒動』が起きている。『冒険者が魔王を倒したから、これからは冒険者の時代』だと？　馬鹿もここまでくると、つける薬はないぞ」

「……」

パストルは頬がピクピクと動いているが、その程度でとどめていると言えよう。

「……で、アンタら勇者コミュニティは、『宮廷冒険者』について、どう思ってるんだ？」

アイヴァンはエリーに聞いた。

彼女はラスター・レポートの幹部ではあるがリーダーではないため、彼女の言葉が『組織全て』とイコールになるとは限らない。

しかし……ラスター・レポートに関する『金』を掌握する彼女の言葉は、世界にとって無視できないものになる。

「先ほども言いましたが、バカバカしい話です。百年前、『宮廷冒険者』は実際に誕生し、その国は数年で滅びた。その事実を知る身としては、『宮廷冒険者の枠を設けようとする』ことそのものに疑問を持たざるを得ませんね。『国を滅ぼす』と言っているようなものなので」

「……はっ？　えっ？　百年前に、国が滅んだ？」

本当に、本当に驚いた顔をしているパストル。

そんな彼にエリーはため息をついて……。

「かなり情報が隠されていますし、相当調べなければわからないでしょうが、『ラスター・レポートの全員が共有している事実』でもあります。そもそも、『移民の悪性』を知るものからすれば、今回の件は腐臭が強すぎる」

「俺も百年前に国が滅んだ事実は知っている。まあ滅んだというのも少し語弊はあるか、実際には、『とある協会本部役員の傀儡になった』というところだ。王に主権のない独裁政治の国など、実質的に滅んだも同然だろう」

「アイヴァンさん。情報は正確に。協会本部役員の手で国益がむしり取られ、本来なら対応できるはずの魔物氾濫《スタンピード》で、国民の八割が亡くなったのですから」

「な、ならば、何故止めなかった！　何故ここまで放置した！　お前たちが心のどこかで、それを認めているからではないのか！」

必死に取り繕うパストル。

彼の中で、『宮廷冒険者』を認めさせることは、『冒険者による世界の統括』の第一歩なのだ。

それを、勇者コミュニティも、ＳＳランクギルドのギルドマスターも『真っ向から否定』し、その否定する理由が『国が滅んだから』という、あまりにも衝撃的過ぎるパワーワード。

そう、この事実は『隠されている』。

社会学にある程度精通しているものであれば、その『国家』の全貌を解き明かすことくらい造作もないことであり、国家滅亡の経緯を知る彼らは『宮廷冒険者』という存在そのものを隠そうとしている。

本部役員であるパストルすらその事実に触れられなかったということは、情報の隠蔽度が高いこともそうだが、『その情報隠蔽を命令したものがとても高い地位についていた』ことを示している。

「ああ、放置していたのは、貴方を調子に乗らせるためです」

「はっ？」

「勇者の歩みを見ていればわかるだろう。こいつ等の作戦は主に、『見せしめ』と『一網打尽』だ。

パストル。お前を『見せしめ』として、事態を大きくするまで放置していたということだ」

「ば、バカな……そんなことが、俺は管理者側の人間だぞ！」

「貴方の口はよく、『管理者側である』としゃべりますね。なるほどなるほど……」

エリーが不敵な笑みを浮かべている。

「ただ、アイヴァンさん。あなたがここでセデルを止めなければ、数日間、彼はここで演説していたでしょう。何故初日で止めたのですか？」

「……お前たちのやり方が『誰』に仕込まれたのかはわかっている。ただその上で、アイツに言っておけ。『俺が憧れている奴と、お前が憧れている奴』は違うとな」

要するに、アイヴァンとホーラスでは、『憧れている人間がするであろう行動』が全く違うのだ。

そして、ホーラスが憧れている人間ならば『今回のようなこと』が起こるが、アイヴァンが憧れている人間の場合は、『ここで止める』ということ。

ただ、その理屈はともかく、アイヴァンのその雰囲気にエリーは思うところがあったようで……。

「……お知り合いなのですか？」

「ホーラスとは十年前までコンビを組んでいた」

「「!?」」

アイヴァンの口から洩れた言葉に、セデルもパストルも、そしてエリーも驚愕したようだ。

「魔王によって滅ぼされた『ワイズリア王国』でアイツと別れて以来十年。今もあいつは変わらんだろう」

「なっ、ば、バカな……」

勇者とＳＳランクギルドでは、『格』が違う。

同じ『宮廷冒険者を否定する立場』であったとしても、『勇者』という名前には負ける。

しかし、そのＳＳランクギルドのマスターであるアイヴァンが、『勇者の師匠と組んでいた人間』となった場合、その価値は跳ね上がる。

勇者とそれに匹敵する立場の人間から否定されるというのは、状況として『最悪』だ。

エリーはパストルを見ながら呟く。

「なるほど、しかしまぁなんといいますか……最初から負ける戦いに、よくもまあ情熱を注いでいたものですね」

「ぐっ、く、クソっ！　俺は管理する側の人間だぞ！　お前たちは冒険者だ！　管理される側だ！

俺の言うことを聞けえええええええええっ！」

次の瞬間、エリーから黒い威圧のオーラが放たれる。

「なっ……あっ……」

それだけで、パストルは勢いを失い、顔が青くなる。

「……あなたの執着はよくわかりました。その上で、しっかりと『見せしめ』はしましょう。あなたの身の程を、強力な手札の一枚をもってして、わからせます」

そういって、エリーは彼らに背を向けると、屋敷に戻っていった。

★★★

「クソが！　絶対に許さんぞアイツら！　俺は本部役員だ！　これまで多くの功績を出した男だ！　その俺に楯突きやがって！」

セデル連合本拠地。

その最上の執務室で、パストルは荒れ狂っていた。

冒険者による世界の統治を掲げ、これまで動いてきたことが全て水の泡になったのだから、もともと癇癪を起こしやすい人間であるならば、荒れ狂うのも当然だろう。

「ぱ、パストル様。俺はどうすれば……」

「チッ、『全世風靡』を追放されたお前に価値なんぞないが、演説で人が集まっている中であのやり取りだ。もうこの町で『他』には頼れん。今はまだお前の首をつないでおいてやるが、失態を演じたらどうなるか。覚悟しておけ！」

「は、はい！　申し訳ございません！」

頭を下げるセデル。

「もはや、宮廷冒険者を認めさせることは不可能か……いや、まだ弾はある。ディアマンテ王国の方でも俺が関わっている冒険者が宮廷冒険者の話を進めているはずだ。王国に移動するぞ！」

「か、畏まりました！」

「俺を侮辱した奴らは全員許さない。俺は管理者だ。管理する側の人間だ。それを、大した知恵もない管理される側の人間が粋《いき》がりやがって！」

フツフツと湧き上がる怒り。

その原動力は、アイヴァンとエリーに向けられたもの。

「俺は優秀な人間だ。俺は優秀な人間なんだ！　クソっ！　勇者が調子に乗りやがって。絶対に後悔させてやる！」

彼がそこまで叫んだ時、扉が勢いよく開かれた。

「パストル様！　協会本部からの文書が！」

「何⁉　ここからどれほど離れてると思って……魔道具を使った通信文書か」

人を転移させる魔道具があるのだ。ものすごーく頑張れば、文書を送ることくらいは『そこそこの頻度』で出来るようになる。

パストルは紙を受け取って、内容を読み……。

「はっ？　お、俺が……異動？　その先は、『ゲンデル王国』の支部の雑用だと……」

「馬鹿な……」

セデルも驚いている様子。

「ゲンデル王国。魔王による侵略の一歩手前だった国家で、自給自足のために農業をやっているだけの国。人口も十万人とか」

「そんな貧国に俺が異動だと⁉　どんな理由があって……⁉」

さらに驚愕する事実があったのか、パストルの顔がゆがんだ。

「俺が異動に応じない場合……ラスター・レポートは、『冒険者を辞める』だと……バカな。そんな馬鹿な！　冒険者を辞める⁉　そんなことが⁉」

パストルにとっては驚愕の交渉カードだ。

ただ……これはある意味当然のこと。

ランジェアが国籍や市民権を手に入れたのは、『キンセカイ大鉱脈』に入るため。

別に、冒険者であろうがなかろうが、『国籍』と『市民権』があれば、元冒険者であってもどうとでもなる。

金もたくさんあり、『そんじょそこらのアイテム』なら商人から買える。そもそもキンセカイ大鉱脈から手に入れたアイテムを売れば莫大な金になるだろう。

いや、そもそも根本が違う。

彼女たちは魔王を倒すために冒険者になったほうが都合がよかっただけで、別に冒険者という立場に固執する理由がない。

だからこそ、『冒険者という立場の放棄』すら、簡単なのだ。

「そのために俺を切り捨てるってのか！　ふざけるな！　こんなの認められるか！」

パストルは何度も、自らが『管理者側』であるということを口にしている。

そんな彼にとって、『小国で雑用をやれ』などといわれるのは、最大の屈辱だろう。

エリーはそれがわかっているからこそ、『解雇』ではなく『異動』というカードを切ったのだ。

「このまま一時的に身を隠す。絶対にこんな言葉に従ってたまるか！　俺は管理する側の人間なんだ！」

パストルは賢い。

それゆえに、とあることを理解した。

「クソっ、勇者め。冒険者協会の『人事権』すら掌握するというのか。これほどの交渉カード。いったいなぜ使わずにとっておいた。なぜ今出した。クソオオオオオッ！」

……権力というのは、強い言葉だ。

『誰にその権力を与えるのか』を決めるのが『人事権』というものであり、これを掌握する人間が、実質的に『最も強い権力を持っている』と言える。

そして、冒険者協会は、『勇者を手放すことなどできない』のだ。

もうすでに、『冒険者によって魔王が倒されたことで、これからは冒険者の時代だ』と吹聴しているがゆえに、ここで勇者に見限られたら、他の者たちからどんな報復が返ってくるかわからない。

だからこそ、勇者を手放せない。

「この屈辱、絶対に十倍にして返してやる。覚えてろ！」

激昂するパストル。

「まあまあ、落ち着きましょうか」

そんな彼に、話しかける存在がいた。

★★★

セデル連合の執務室で、落ち着いた声が響く。

「……お前か。シド」

「ええ、四年ぶりですね。パストル君」

部屋に突如姿を現したのは、四十代半ばの男だ。

黒いシャツと長ズボンの上に白いロングコートを着ており、なかなか『頼りがいのある男』といった雰囲気はあるものの、すべてを台無しにするほどの薄ら笑いを浮かべている。

「パストル様。この男は……」

「四年前、俺のある作戦の時、『精神異常耐性のマジックアイテムの設計図』を提供してきた男だ」

「フフッ、セデル君は初めましてですね。私は『ファーロスの鍵盤』という工房の代表を務めているシドと申します」

「……それで、ここに何の用だ！」

「まあ、簡単に言いますと、隠れ家と逃走経路を用意しています」

「何？　逃走経路？」

「気が付いていないようですが、すでにこの建物は包囲されています」

「なんだと⁉」

パストルは慌てた様子で窓に近づいて外を見る。

彼の目に映ったのは、屈強な男たちが包囲している光景だった。

「こ、ここまで早く……本部は、これまでの俺の功績を無視する気か！」

「四年前の大失態をお忘れで？　まあ、借金もありますし、おそらくそれを棒引きにするということも含まれているでしょう」

「何？　借金だと？」

「自分が過去に出した命令をお忘れで？　『魔王を討伐すれば莫大な財貨が手に入るから、とにかく金を集めろ』と、そう言ったのはあなたでしょうに」

「そ、それは……だが、借金してまで……」

「役員としての立場を行使するとしても、受けられる援助には限界がある。ならば借金するしかないでしょうに。あなたの作戦に必要な金は、本当に莫大な額でした」

あの『大失態』だが、何より金が足りなかった。

当然のことで、『高品質のマジックアイテムを新しく作って揃える』というのはとてもコストがかかる。

素材の調達、物資の輸送、職人の確保。

多くの人間の『時間を買う必要』があるわけで、それを補填するという意味でも、そしてその難易度の高さにしても、金はとにかく必要だ。

しかも、マジックアイテムをそろえるだけでなく、『魔王がいる都市に攻め込む』となれば、マジックアイテム以外にも高品質な装備を揃える必要がある。

魔王を舐めている者は多かったが、『圧倒的な実力を持つ男性を多数抱えている』ことは認識しており、それを突破するには、高品質な装備が必要になる。

それを揃えることも必要で、相手が『都市』ゆえに籠城されることを考えると、こちらもしっかりと陣を張って、尽きない補給を続ける必要がある。

『攻め込む』というのは、言葉にするととても単純だが、作戦が大規模になればなるほど、そこにかかるコストは莫大なものになる。

そして必要なリソースを、パストルは役員としての権限を使って進めた。

だが結果は知っての通り、冒険者たちは戦うことすらなく、都市からひょっこり顔を出した魔王によって、全て虜となった。

そこに集められた物資も、全て魔王のものになった。

……これほどの大失態。

その『後始末』にも莫大な金がかかるのだ。

前線に来ている職人の数は最低限だったが、千人のAランク冒険者と、その作戦に耐えうる輸送能力がある商人が大量に虜となっている。

しかも、高品質な装備を丸ごと奪われた。

この後始末がとんでもないレベルの損害を出しており、今もまだ『取り戻せていない』のだ。

「本部職員のフリをして、それとなく勇者コミュニティに聞いてみたんですよ。あなたの借金の総額をね」

「どれほどだ。俺は金貨一万枚程度なら、たやすく動かせ――」

「一億枚」

「……はっ？」

「作戦の準備と大失態の後始末。『騒動が落ち着くまで』に重ねた借金は、金貨一億枚。知らないのですか？」

たやすく動かせると踏んでいた金額の一万倍の額だ。

パストルがどれほどのコネを利用しようと、これは払えない。

「作戦の準備期間はとても長かった。後始末にもとても時間がかかった。そして、その作戦に『注力させるため』に、冒険者や商人、職人に払われていた予算が莫大だったのですよ。当時の高級娼館や高級レストランの繁盛具合と言ったら、なかなか見られないほどのレベルでした」

「……バカな」

「特に、冒険者は不満もたまっていましたからね。『男性であるというだけで魔王に挑めない』のですから。全員が美少女の勇者コミュニティが多くの功績を出している中で、何もできていない。そんな中で降ってわいた大チャンスですから、調子に乗るのも分かります」

薄ら笑いが深くなるシド。

「とはいえ、『調子に乗っている冒険者』が、高級娼館や高級レストランで求められる『作法』を知っているはずもなく、中には『壊れた女性がいる娼館』や『設備を壊されたレストラン』も必然的に多くなり、その損害賠償もなかなかのものでしたね」

ククくっと笑う。

「損害賠償が払われる上、何より『魔王討伐という成果の犠牲になれる』と思えば、娼館やレストランのスタッフも我慢できていました。単に金にモノを言わせた冒険者が調子に乗っているだけならともかく、『魔王討伐の犠牲』なら胸を張れます。ただ、実際には大失敗。怒り狂うそれらの店に、やはり大金を積むしか解決策はなかった」

「そんなことが……」

「というわけで、金貨一億枚。何人もの本部役員が連日訪れては、勇者コミュニティに頭を下げていました。そして、金を借りた際の名義は、パステル君。あなたです」

「……」

もはや、言葉も出ない。

「ただ、隠れることを選ぶのは、貴方にとって正しいでしょう。小国の支部に左遷されたところで、『報復』を考える者は多いでしょうし、本部役員でなくなったあなたにどれほどの人間が刃物を向けるか、想像も絶するほどでしょうから」

「ヒッ——」

「とまぁ、そういうわけで、私が逃走経路と隠れ家を用意します」

「こ、こんな俺を助けて、何が目的だ！」

「まあ、それはお楽しみに」

「……その話、乗った。俺を逃がせ。シド」

「畏まりました。フフッ」

その日、パストルとセデルは、突如『消えた』という。

……ところで、エリーはこうなることをなんとなく予想していたのか、冒険者協会が取り付けようとした『左遷することを条件に借金を棒引き』という約束を、いろいろ言って『とりあえず保留』という形にしていた。

第十三話　王喝

「ふむ……なるほど、要するに、『宮廷冒険者計画』を進めるうえで、最重要と言える人物が姿を消したということか」

「本部役員となれば、上級ではなくとも、金貨一万枚を軽く動かせます。しかし、その役員がいなくなれば、勢いも衰えるでしょう」

「金貨一万枚……興したばかりの国であれば、十分国家予算として通じるレベルだな」

「冒険者協会本部は、二十万人の冒険者の管理を行う組織です。ただ、圧倒的な功績を叩き出す高ランク冒険者への報酬の中抜きで利益を出している上に、少数の人間が莫大な利権を扱っている状態。言い換えれば、一人の役員が持つ権限が大きいものになります」

「大きな利権を少人数で……それをしっかり監視するシステムもないとなれば、賄賂営業になりそうだが……まあ、今はいいか」

ディアマンテ王国の王城。

バルゼイルの方針で、『誰が宮廷冒険者を認めさせようとしているのかわからないから泳がせておく』という状態であった。

そのため、『検討はするけど調整とか承認とか、めちゃくちゃ時間かかる』といった『雰囲気』でダラダラやっていた。

もちろん、バルゼイルは百年前の『宮廷冒険者登場による国家の滅亡』を知っているため、そんなものを認めるつもりはさらさらない。

……なぜ、本部役員であるパストルすらも知らなかった事実をバルゼイルが知っているのか、それはそれで不自然な点はあるが、王にしか使えない資料室があるのだろう。

「しかも、その首謀者は、あの事件の原因となった男か。ふむ……」

「陛下、何か気になることが？」

「二つ、不審な点がある。一つ目は、あの大事件で、『魔道具の設計図をだれが提供したのか』ということだ」

「確かに、マジックアイテムの開発は時間がかかるものです」

「うむ、それから、私もあれから勉強したのだが、マジックアイテムの『芯』に改造を加えた『魔力が通りやすい金属』が使われていて。これが性能に直結するようだな。ただし、『小型化』する場合、通常の金属ではスペックが足りんらしい」

「はい。どうしても希少な鉱石が必要になります」

「あの大事件だが、用意されたのはメダルやカードのような形で、主に配られたのはメダルの方だ。

かなり携帯性に優れているが、素材の条件が厳しすぎる」

携帯性の優れたメダルなど、薄さは三ミリもない。

そこに希少な鉱石を加工した『芯』と、マジックアイテムとして機能するための細工を施すとなれば、素材、技術共に、条件もハードルが高すぎる。

「確かに……」

「そして、それを加工する技術というのも、長い研究が必要だ。一体何者がそんな設計図を提供したのか、少し気になる」

「陛下の予想は……」

「心当たりはあるな」

心当たりはあるといっているし、表情からして取り繕っている様子はない。

しかし、視線を外した。

なんというか、『突っ込んでほしくなさそうな雰囲気』をライザは感じた。

「ただ、おそらくその提供者は、通常の技術者よりも明らかに格が違う。そしてもう一つの不審な点。『今回の逃走難易度』のことだ」

「確かに、金貨一億枚の借金を棒引きにするとなれば、パストルの身柄を確保するために細心の注意を払うはず。それを容易く掻い潜るとは……」

本部役員であるパストルは抱えられる兵隊の質も高いだろう。しかしその兵隊も、落ちぶれたパストルに対して真剣に働くとは思えず、なんなら隠れ家を密告する可能性が高い。

パストルの現状は、それほど悲惨なのだ。

「おそらく、今回逃走経路を確保したのは、その『技術者』だろう」

「……そうでしょうか」

「ん？」

ライザの表情の曇り方を見て、バルゼイルは首を少し傾げて……すぐに理解した。

「一応言っておくが、私はその技術者が、ホーラスだとは思っていない」

通常の技術者を明らかに凌駕する技術力という意味で、ホーラスを連想する気持ちはわからなくもない。

ただ、バルゼイルはそれをすぐに否定した。

「可能性がゼロとは言わんが、作戦の描き方が、彼とは全く違う」

「それはどういう……」

「勇者の作戦は基本的に『見せしめ』と『一網打尽』だ。おそらくこれはホーラスに教わったものだろう。勇者コミュニティは百人程度で、魔王軍という大勢を相手にする戦略の都合上、一つの行動、一つの誘導で多くを動かせる策を好む」

そもそも、必要な『人数』を揃えられるとなれば、『少数で多数を相手にする戦略』をとる必要はない。

単純に、『敵の多数をさらに大きな多数で押しつぶせばいい』のだ。それが兵法というもの。

そして、『優秀な駒』を使って情勢の本元を表舞台に引きずり出し、そこに手を加えるというのは、『少数で多数を相手にする』という作戦の考え方だ。

アンテナ影響下のホーラスは『人材』そのものをゴーレムとして作ることは可能だが、遠く離れた地で活動する勇者に教えて意味のある戦略は限られる。そしてその戦略の質が高いとなれば、『戦術家としてみた場合の本命』はそちらだろう。

「ただ、『見せしめ』にしても『一網打尽』にしても、今回の『裏』にいる技術者はどこか違う。『最終的に失敗することを前提に、個人に手を加える』というのがな」

バルゼイルなりに、『臭い』と思う部分があるのだろう。

嗅ぎ取ったというよりは、相手の腐臭が強すぎるせいだが。

「作戦に必要なのは『バランス感覚』だ。これは一人では到底不可能。『個人』の実力だけですべてが解決することはなく、一見、一人だけで解決しているように思えても、本質的には多くの者が関わっているのは当然のことだ」

「確かに、パストル一人で、その『バランス感覚』が取れるとは思えません」

……なお、一応、報告書には『パストルと一緒にセデルも消えた』となっているが、正直、オマケなので思考の外に追い出しているようだ。

かわいそうに。

「とまぁ……そんなことはどうでもいいとしてだ」

「え？」

「私個人として不審な点はあるといったが、私が絡むことになるかは別だ。とにかく、『宮廷冒険者計画』の上がいなくなったのは事実。ここで一つ、示しておくとしよう」

「示すとは？」

「ライザ。城の大広間に、冒険者と避難民……『調子に乗っている移民』を五百人ずつ集めておけ」

「すぐに手配します」

そう言って、部下……ライザはバルゼイルの執務室を出ていった。

「これで移民問題をまとめて片付けよう。しかし……」

バルゼイルの脳裏によぎったのは、かつて読んだランジェアからの手紙。

要約すれば『会見を開くから難癖をつけたいやつを全員呼べ』という内容だったが、それを思い出した。

「……『見せしめ』と『一網打尽』か。私も毒されたようだ」

バルゼイルはため息をついた。

★★★

ディアマンテ王国王城に存在する大広間。

以前、ザイーテが平民を集めて一斉解雇を行なった部屋であり、その時はホーラスと五百体のゴーレムがいたが、実際にはその三倍くらいは抱えられるほど広い。

そんな広間に倉庫から大量の折りたたみ椅子を持ってきて並べて、千人が座っている。

圧巻の一言。

しかも、そこに座る面々は、冒険者に関してはSSランクのギルドマスターが含まれているほどで、避難民に関しては、この王国に逃げてはきたが、元は高い地位についており、他者を煽動する話術が得意な者もいる。

総じて、『調子に乗っている移民たちの代表クラス』と言えるだろう。

「まったく、さっさと宮廷冒険者を認めればいいってのに」

「だよなぁ。勇者が魔王を倒して、これからは冒険者の時代だ」

「世襲してるだけで何もしねえ貴族に代わって、王国も今は俺たちが主役だぜ！」

「王国が独占してるダンジョンも多い。俺たちが宮廷冒険者になったら、ダンジョンの利益は冒険者のものだ！」

「夢が膨らむぜ。はっはっは！」

冒険者たちの会話は主にこんなものだ。

冒険者が魔王を倒して勇者になったという事実は、冒険者を調子に乗らせるには十分であり、今も、王都の大多数である『平民』の不満を解消しているのは冒険者だ。

王都の傍にはダンジョンも多く……というより、ダンジョンが多いからこそ都市となり、王都が出来上がったわけだが、王国は国家を成り立たせるためにダンジョンの独占権を持っている。

竜石国がキンセカイ大鉱脈を独占しているのと同じ理由である。

『何も得られない未開の地の探索』というのは、時間と金を持て余した冒険者か、多少の損を気にせず、莫大な予算が設定されている『政府』にしかできない。

要するに『新しいダンジョンの発見』に関しても、そんな冒険者か、『国』が見つけている。

そんなダンジョンに入ってモンスターを倒し、硬貨を手に入れて国家予算にしているわけだ。

だが、キンセカイ大鉱脈を独占していることを不満に感じる者……特に、冒険者や他国の商人にそういったものが多いのと同じで、ディアマンテ王国におけるダンジョンの独占に不満を感じる冒険者は多い。

ダンジョンの出入り口に政府の人間が監視についている役場があり、そこでダンジョンから出てくる冒険者に『利用権』を徴収しており、『実際に現金を取られる』ゆえにその不満も強い。

「まったく、俺たちが魔王の被害者であるということがわかっていないな」

「そうだ。立ち直るためには金が必要なんだ。それを用意できないくせに、何が世界最大の血統国家だよ」

「魔王は侵略したけど、建物の破壊とかはやってなかったんだろ？　だったら、金を掛ければそこも復活するわけだ。なんでそれをやろうとしないのか」

「常任理事国が六つも代わった。その『跡地』にある財産を受け継ぐべき人間がいる。世界会議は、その復興に力を入れるべきだ」

「そうだ。世界の再生という正義を理解しない者が、なぜこうもデカい顔をするのか、まるで意味が分からん」

避難民の多くは、魔王の侵略によって維持できなくなった国家から逃げてきた者たちだ。

世界会議が定めた法律によって、『血統国家出身の避難民』という被害者はある程度、『立ち直るまでのリソース』を与えることになっている。

そして、ホーラスによって王都という政治の中枢が完全に支えられていたディアマンテ王国は、『血統国家』の中でもっとも供給力やインフラの損失が少ない。

もちろん、ホーラス不在による性能面の低下は免れないが、そこはなんと、バルゼイルが本を読み、王族にしか入れない倉庫をしっかりみて立て直しの真っ最中である。

思ったより『勘』が良いことに加えて、以前とは様変わりしたバルゼイルには『仕え甲斐』があると思った優秀な貴族が付き従って、なんとか形を保っている。

この国力に加えて、世界中に存在する『大国』の中で、多くの国が勇者コミュニティに莫大な借金を抱えている中でディアマンテ王国は一切の借金がなく、自由に動ける。

避難民と言えど、中には『賢い者』は存在し、声の大きな者もいる。『世界会議のなかで実質的に自由に動ける大国はディアマンテ王国のみ』であるということを理解している。

だからこそ、彼らは『世界会議』というものを当てにせず、『ディアマンテ王国』に不満を漏らしているわけだ。そもそもディアマンテ王国以外の国だと余裕がないので門前払いである。

「静かに！」

壇上で、ライザが叫ぶ。

その声で、ざわついていた広間が静まった。

ライザは『拡声魔法』が使える魔道具を手に、周囲を見渡して言う。

「これより、陛下からのお言葉を頂戴する。心して聞くように」

ライザはそう言ったが……。

「舐めてんのか！　俺たちは冒険者だぞ。いいんだよそんなのは！　さっさと宮廷冒険者にしろ！　ダンジョンを明け渡せ！」

「復興支援を早く決めろ！　それすらできずに、何が最大の血統国家だ！　金、物資、人材、かつての国力を取り戻すまでの多大な支援がなければ、こちらは納得する気はない！」

冒険者も避難民も叫んだ。

バルゼイルは彼らを『調子に乗っている移民』としていたが、彼らも彼らでとある意見を共有している。

すなわち、『魔王討伐に何も貢献できなかった奴が何を偉そうにしているんだ。筋を通したいと思うのなら抱えているモノを出せ！』というもの。

その意見を共有しているため、彼らの間に争いはない。

「……なるほど。この王国を悪者《ワルモノ》扱いして団結しているということか。とんだ政治屋が紛れ込んだものだ」

バルゼイルはステージの裏から出てくる。

そして、大国の王であるバルゼイルが姿を現したというのに、椅子から立ち上がって憤慨している人間は、座ろうとすらしない。

わざわざ椅子を用意しているし、彼らを呼びよせるために『実際に見せた文書の中』でも、『本質的には血の及ばぬ冒険者と、多大な被害を受けた民ゆえに、跪けとは言わない』と書かれている。

静かに座って、背筋を伸ばし、『傾聴』するというのなら、それでよし。

仮に座らないとしても、それが本当にギリギリで許されるのは、ＳＳランクギルドのギルドマスターくらいだろう。

「私が出てきても座らぬか。勇者も魔王も舐めているのだ。王くらい過小評価して当然というものだな」

つぶやいた後、拡声魔道具を手に取る。

「さて諸君。私は『理解』しているつもりだ」

バルゼイルの声は、拡声魔道具の性能を込みとしても、よく通る。

「血統国家の多くは、此度の魔王がもたらす非常時において、何も成していない」

一つ目に、魔王に対し、多くの血統国家が何もできなかった事実を。

「被害が大きな国に対し、未だ『支援』の二文字を示せていない」

二つ目に、支援の法律がありながら、それができていないことを。

「事実として、魔王を倒したのは、冒険者である」

三つ目に、魔王を倒したのは神でも血でもなく、冒険者であることを。

「世界会議、常任理事国の国王として、それを理解している」

おそらく、この場において認めるべき三つの事実を、バルゼイルは認めた。

「冒険者という存在の評価を改め、宮廷冒険者という枠を作ること。そして、被害国の民に対し、復興するための財を与えること。この二つを諸君が求めていることを、私は知っている」

彼らの要求を、今一度、バルゼイルの口から述べた。

「その上で告げる」

一度目を閉じ、開く。

それは、まさに、『上げて落とす』を体現する、王の瞳。

「恥を知れ！」

赤い威圧のオーラを放つ。

それによって、千に及ぶ『調子に乗っていた者』たちは、椅子に座り落ちた。

「なっ、あ……」

「う、うぅ……」

関係ない。

冒険者の中には、ドラゴンすら倒すほどの傑物もいる。

避難民の中には、高位の貴族だった者もいる。

ここにいる移民は全員、自らが正義だと確信している。

だが、関係ない。

バルゼイルという『王』に対し、勝てる道理はない。

「勘違いしている。大いに勘違いしている。それを教えてやろうか。まず避難民の方だ。貴様らは逃げてきたのだ。敗北してここに来たのだ。『世界会議』は、神から独立し、民を守り抜くという誓いの上に成り立ったもの。貴様らの中には、貴族や騎士だった者がいるようだな！」

そう、そもそもの『原則』の話。

避難民は、確かに被害者だ。

しかし、中には、守り抜くという誓いを破り、真っ先に逃げてきた貴族や騎士もいる。

「平民たちもそうだ！　戦う義理がないなどと思っているのなら厚かましいにもほどがある！　剣を握る勇気がなくとも、できることは多くあったはず。できる選択はまだまだたくさんある！」

バルゼイルが彼らの何を許す気がないか。それは……。

「自分に何ができるか考えず、周囲に煽られ、『支援すべき』という『法律』を盾に難癖をつけるだけか！　それを、恥ずかしいとは思わなかったのか！」

支援する法律があるのは事実だ。

しかし、支援のやりがいすら感じないような、『態度のデカい避難民』がそれを口にしたところで、『人の心は動かせない』のである。

卑怯な敗者に、王が頷くはずがない。

「無力な過去に後悔がないのなら、何も持たず、何もない祖国に帰れ！　無力な国で、後悔なく生きるがいい！」

暴論もいいところ。

しかし……そもそも、『避難民』は多くとも、『調子に乗っているモノ』が多数なわけではない。

多くの避難民は、世界会議が何も言えない状況であっても、何かをやろうとしている。

そんな『支援のやりがい』のある避難民と、この場に集まった者たちを同じにする気はないのだ。

もちろん、何をすればいいのかわからない者もたくさんいるが、そんな者たちも、『そんな厚かましい事が言える』ほど、羞恥がないわけではない。

「次の冒険者。貴様らは『勇者が魔王を倒したこと』で、これからは冒険者の時代だと騒いでいるようだな！　ふざけるなよ。血統国家の常任理事国の国王である私が認めるのは、ラスター・レポートと、その師匠だけだ！」

たった十七の少女が、あれほどの威圧を放つ。

それが彼女が経験したことがどれほど過酷だったのかを物語っている。

何より……魔王の力は『絶対に解けない』ゆえに、魅了された男は殺すしかない。

そう……何人も、殺めなければならなかった。

魔王が討伐されれば魅了が解けると信じ、苦しい決断ができないものは多かったし、容赦ない『処分』をする勇者を罵倒するものもいた。

今でこそ、『魔王の魅了は解けない』と証明されたことでそこを非難する資格がある者はいなくなった。

だが、資格はなくとも、勇者を罵倒する者はいる。

それ自体は仕方がない。何故なら、その心の傷に特効薬はないのだから。

ラスター・レポートもそれを理解しているからこそ、罵倒に対して何もしない。

そして、血統国家も、冒険者本部も、そんな彼女たちを守ろうとはしなかった。

世界は、そんな凄惨なことを、幼い少女たちに押し付けてきたのだ。

「彼女たちにはいくらでも感謝しよう。功績を称えよう。勇者の師匠が彼女たちを導いたことは絶対に忘れん！　だが、お前たちに何ができた！　何をしていた！　いいか、何もできなかったのは貴様らも同じだ！」

冒険者の時代？　そんなものは鼻で笑ってやる。

それが、バルゼイルの信条。

「勇者は、誰の援助も受けず、大人が何人集まっても出せない金を何度も何度も出して、世界がよくなる方へ支援している！　それほど大きなことをしているのだ。それとお前たちが『同類』だと？　そんなことを考えるものが多いから、世界が安くなるのだ！」

バルゼイルは『会見』の場で、勇者に感謝を述べた。威圧を習得して可能性を示した。

だが、それでもまだまだ、世界はとても安い。

「宮廷冒険者など絶対に認めん。優遇もせん。被害国への支援も必要最低限だ。私を非難する資格など貴様らにはないぞ！　私の意見を変えたければ、私の心を動かしたければ、まずは貴様らが、人として成長せよ！」

そういって、バルゼイルは威圧をとめた。

空気が弛緩し、まともに呼吸できていなかった千人は、荒い息をしている。

「……ライザ。衛兵を呼んでこいつらをたたき出しておけ」

「はっ」

ライザが敬礼すると、そのまま壇上から離れていった。

その後ろ姿を見つつ、バルゼイルも壇上から離れていく。

「……これが『一網打尽』か。なるほど」

バルゼイルは何かに納得しつつ、呟いた。

第十四話　その礎は、十年前に築かれた

宝都ラピスは多くの人間が集まる場所であり、訪れる冒険者が高ランク、かつ多種多様なところからくる場合が多い。

景観を失わせない都市開発をしているゆえに外観はそろっているが、かなり内面は複雑でごちゃごちゃしている。

そんな宝都ラピスの端に、夜中も営業している酒場があり……アイヴァンが、静かにワインを飲んでいる。

「んー……お、こういった店を好むのは昔から変わらないな。アイヴァン」

そんな彼に、後ろからホーラスが声をかけてきた。

アイヴァンが振り向くと、そこにはゲッソリしたホーラスが彼の隣の席へと歩いてきていた。

「……随分痩せたな」

「夜中に獣になる女が多くてね」

「元凶はお前だろう」

「そりゃそうだ」

身体強化が体の質にまで影響したことによって強くなった性欲。

それが全て、ホーラスに向けられるのだ。ゲッソリで済んでいるのはまだマシな方である。

「まったく……マスター。奥の個室を用意してもらえるか？」

「かしこまりました」

「ん？　別に聞かれてマズイ話なんてしないぞ」

「良い酒を用意している。十年ぶりだ。それくらい察しろ」

「ははっ……変わらねえ」

普段よりも砕けた口調で話しているようにも見えるホーラス。

アイヴァンはそんなホーラスを見て、特に何も言わずに立ち上がる。

マスターに先導される形で、アイヴァンとホーラスは奥の通路を通って、個室に入った。

広さは二人用ではあるがゆったりできる程度。

向かい合わせに座るタイプのテーブルと、高級そうなワインボトルが置かれている。

ボトルは一本だけ。

とはいえ、二人とも『長居する気はない』ことは考えられるが……。

「へー……ってあれ？　コレ、四百年前の『青き竜の涙』か。何処で手に入れたんだ？」

「俺も知らん。部下がどこかから持ってきた」

二人で向かい合ってすわる。

グラスに注いで……。

「とりあえず……久しぶりだし、乾杯」

「ああ。乾杯」

グラスをチンッと合わせて、二人で飲む。

「ふむ……やはりこういうのはいい」

「他と違いが判別できねぇ」

「まったく……体を弄りすぎだ。味覚にも影響が出ているんじゃないか？」

「あー、自覚はある」

「はぁ……」

アイヴァンはため息を隠しもしない。

というより……アイヴァンの外見が二十代後半であることを考えると、ホーラスの実年齢とほぼ変わらない。

十年前までコンビを組んでいたことを考慮すると、『ほぼ同年代』なのだろう。

しかし、ホーラスの外見は十代半ばから後半といったもので、とても外見に適していない。

体を弄りすぎという指摘が出てくるのも当然だ。

「昔のお前は、まだ金銭的な価値がわかっていたがな」

「ハハハ……」

テーブルに置かれているつまみを見る。

高級ワインの傍に置かれているとは思えないような、安いチーズだ。

「確かに、高いワインも、安いチーズも、価値の違いはたいして分からなくなったよ」

金を使って手に入れられるリターンの感じ方が、通常の人間と異なる。

ホーラスはそんな状態だ。

「というか、高いワインに安いチーズを合わせる食べ方、昔から変わってないな。アイヴァン」

チーズを食べながら良い笑顔になるホーラス。

そんな彼にアイヴァンは苦笑し……。

「……ホーラス。ワイズリア王国で別れて以来、お前はどうだった？」

「ん？　ああ……知っての通り、鍛えたやつらが魔王を倒しちまったよ」

「直接戦い方を仕込んだのは六人。救出して、鍛える方法だけ教えたのは百人に及ぶといったところか」

「ああ。あと、屋敷に俺の知らないやつが一人もいなかった。多分、アイツらは俺が関わったやつしか仲間にしてないんだろう」

「……そうか」

ホーラスは鍛えた後は各々に任せるというタイプなのだろう。

手紙くらいのやり取りはするが、深いところまで強制するようなこともない。

とはいえ、それでかかわった少女たちが実際に魔王を倒してしまうのだから、『鍛える者を選ぶ

目』は良かったということか。

体を弄りすぎているホーラスのことなので、実際に目は普通の人間とはもう異なるのかもしれないが。

「アイヴァンはどうだったんだ？」

「『全世風靡』というギルドの運営だ。主に、魔王の影響が及ばない場所で活動していた」

「なるほど、まぁ……最前線に多くの人材が送り込まれる時代だったし、魔王から遠くなると薄くなるからなぁ」

「ああ。だが、モンスターが減るわけではない。そこに介入して解決していた。いつの間にかＳＳランクになってしまったが」

「そもそも別れた時点でお前はＳランクだっただろうに」

「お前もな。当時の協会の慌てようもすごかった。俺のところに、お前を抱えろと言う連中が押し寄せてきたよ」

「それは……悪かったな」

苦い顔をするホーラス。

だが、アイヴァンは首を横に振った。

「十年前のあの選択を『悪い』と言うな。俺は俺のやりたいようにやるし、お前はお前のやりたいようにやる。それだけだ」

「その結果、セデルみたいなのが入り込んだ。そう考えると、思うところはお互いにあるけど」

「……否定はせん」

「なんでセデルを？　お前の実力なら……」

「お前の弟子の一人、ラーメルが作った失敗作がオークションに流れてきた。それで競り落とすために金が必要になって、商人の息子だったアイツを入れた」

「へぇ。で、今回は馬鹿なことをしたから追放と」

「見ていたのか」

「もちろん」

あの演説の場をホーラスも見ていたし、アイヴァンに気が付いていた。

アイヴァンは驚いている様子がないので、可能性として考えていたが、確信してはいなかったというところだろう。

「まあ、金を出す代わりに入れるといっても、神血旅を侵したらクビにして当然か。パストルもろとも『消えた』のは不可解だが」

「ああ。おそらく、厄介なやつが関わっている」

「……『ファーロスの鍵盤』か。てことは、あの二人が裏で始末されたってことはなさそうだな。どこかで出てきそうだ」

「だろうな」

アイヴァンはグラスを置いた。

ただ、目が少し揺れている。

「なあ、ホーラス」

「ん？」

「お前は、極論というものを、どう思う？」

あまりにも急な話の流れ。

しかし、ここまでの貴族や冒険者の振る舞いを見ていると、どうしても頭をよぎる言葉だ。

「少なくとも、このワインよりも人を酔わせるし、狂わせるんだろう」

ホーラスは即答した。

そこに一切の躊躇もない。

「いろんな奴に会ったし、いろんなことを言われた。あの王都でどれほどのクレームが来たか、もう数え切れないくらいだ。別にあの王都だけで世界をわかったような口を利くつもりはなかったけど、魔王を討伐した後も、散々なもんだったろ」

「そうだな。世界会議が開いた勇者の功績を評価するあの式だが、あの時点で、魔王討伐から半年が経過している。何より、後始末に時間がかかった」

「強さよりも特性ってことだな。それによって勘違いする奴がたくさんいて、その勘違いが、多くの間違いにつながった」

「ああ。そうだ」

アイヴァンは苦い顔だ。

「旅の中でたくさん。そういうやつに出会ったんだろう……勇者が世界会議の場で最初に要求したのは、メンバー全員が、お前と結婚できる権利だったそうだ」

「俺と？」

「ああ。勇者コミュニティは多国籍な集団だ。全員がお前と結婚できるかどうかとなれば、納得しない者もいるだろう」

「……」

「勇者たちは、魔王討伐の中で世界を旅して擦り切れてしまった。だから、報酬を得ようなど、援助を受けようなどと思わなかった。アイツらに残ったのは、そこまで成長できるきっかけになった、お前への感謝だけだった」

「だから、国籍と市民権を俺に用意したってわけか」

「この国は男が少ないから、一夫多妻が可能だからな」

「その男が少ないっていうのも、前線に武器をもって戦いにいったやつが多いからって話だろう」

魔王の位置さえわかっていれば、立ち回り方はある。

だからこそ、男であっても最前線に向かうものは多かった。

虜になった男に武器を向けたら抵抗はされるが、魔王の力は男性への絶対支配であり、原則的に『男が魔王に会おうと思えば、誰でも会えるし、なんなら案内してくれる』のだ。

それほどの性能であり、魔王の位置さえわかっていれば、男なら即殺されることはないため、立ち回り方はある。

しかし、今も少ないということは、結論はとても単純だろう。

「あいつらが俺とねぇ……」

「お前も分かってるんだろう。勇者たちは強いが……『ただの女』になれるのは、お前の傍だけだ」

「……俺はね。極論は嫌いなんだ。で……俺にしか価値がないって思うのも、極論だと思うよ」

「そこは俺も同意見だ。だからこそ、あの『王』が見せた可能性は、眩しく映っただろう」

会見の場でバルゼイルが見せた可能性。

実際に目にしたのはコミュニティメンバーの中ではランジェアだけだが、どう思ったのだろうか。

「まあ、あんな『王』がいる世界だ。結果的に良かったんじゃないか？」

「最悪とは言わん。それに……アレを、俺たちは忘れられん。俺たちは、選びたい未来が、あの時に決まってしまった」

絶対に忘れられない。

『おねがいじまず。おねがいじまず。おれに、剣を、おじえでぐだざい』

絶対に忘れられない懇願は、今も脳裏にある。

……一度、時間を、十年前に戻そう。

★★★

遡ること十年前。

冒険者はその活動形態に様々な形があるが、こと『コンビ』という形において『最強』とされた二人組がいた。

『廃魂歌《はいこんか》』アイヴァン。

『土未来《つちみらい》』ホーラス。

主な活動場所は『魔王の間合いのギリギリ外』となっており、それまでのデータから魔王の行動速度を推測し、『間合いに入らないギリギリ』を狙って活動していた。

どちらもSランク冒険者であり、当然コンビとしてもSランク。

当時の時点では『アイヴァンのほうが実力は上』であると認知されていた。冒険者協会が開くパーティーにおいてもアイヴァンが主体となって振舞っていたこともあり、コンビの中で、彼のほうが明確に上という印象があるだろう。

当時、魔王はその勢力圏を次々と広げており、当時の『常任理事国』の中で二番目に大きな国であった『ワイズリア王国』にて、彼らは活動していた。

「どうだ。ホーラス」

「遅かったみたいだ。人をモンスターに変える劇薬。その研究資料の主要データがすべてなくなってる」

「火事場泥棒の可能性は?」

「ないな。どうでもいいデータだけが残されてるところを見ると、『わかってる人間』……研究室の中で最も賢い奴が『虜』になったのは間違いない」

ワイズリア王国の首都オメガヌス。

その城の地下から出てきたホーラスに話しかけたアイヴァンだったが、ホーラスが首を横に振りながら語ったそれに、どこか諦めたような表情になった。

「となると、完成も時間の問題か」

「ああ。これからは、人がモンスターに……それも、かなり強力な個体になって襲ってくる可能性がある」

城の敷地から離れつつ、二人は現状を話している。

ただ……そこに『希望』は見えない。

建物はあまり破壊されていない。

しかし、誰もいない。

そして、人が作った文明は例外なく、どれほど長持ちするように作ったとしても、手入れされなければその輝きが失われる。

そんな廃都の中を歩く二人の雰囲気は、とても暗いまま。

「そういや、聖女とか、騎士の家系に生まれた女性とか、高ランクの女冒険者を動員するって計画、どこかで聞いたか？」

「社交界で情報を集めているが、どうも動きは鈍い」

「アイヴァンから見て、アイツらの本音は？」

「……女性側が戦うことに反対している様子は思っていたより少ない。が、貴族は男性主体だ。女性が活躍する社会に転じたくはないといったところだろうな」

神血旅。

宗教国家。血統国家。冒険者をそれぞれ表すが、その中で最も規模が大きいのは『血統国家』である。

言い換えれば、『貴族』というのはそれだけで強い影響力を持っている。

女性が戦うことはいい。ただ、本当に活躍してしまうのは避けたい。

そう考える貴族が多く、そして彼らが権力者であるゆえに、邪魔される。

「この期に及んでソレか。随分余裕だな。で、その貴族の言い分が強すぎて、宗教国家も冒険者も女性が活動できないと」

「ああ。確かに個人として強い女性もいるが、貴族によって邪魔されている。それでも活躍しようと思えば、援助を受けずに単身で乗り込む必要があるが……」

「ま、同格以上の奴が十人以上で囲ってきて、首を斬られて終わりか」

「……虜になった男が魔王にしか魅力を感じないせいで、被害にあった女性たちが辱められることがないことだけが救いだ」

「救いがそれしかない時点で地獄だろ」

強い女性は確実にいる。

なんせ魔法を鍛えれば、一般男性よりも膂力《りょりょく》が強くなることなど、そう珍しくない。

しかし、強いからと言って、全てができるわけではない。

個人で運べる荷物の量など多くない上に、貴族が刺客を送ってきて、隠していた荷物から食料を少し抜かれるだけで、活動できる時間は短くなる。

そしてそこからは、荷物の管理をどうするのかという問題も浮上し……何より、『自分の周りにいる人間たち』も信用できなくなる。

明らかな悪循環。

しかし……基本的に足の引っ張り合いをする貴族たちも、『男性が主体』であるという国家が大半であり、男性の活躍を超える女性の活躍を許容しない。

「はぁ……物音ひとつしな……あらっ？」

大通りの曲がり角。

二人の死角に、青い毛並みのオオカミがいた。

全長五メートルという体躯で、鋭い爪と牙を持っている。

「……こんなのがまだいたのか」

ホーラスはアイテムボックスから剣を引っ張り出す。

オオカミは二人に向かってとびかかったが、ホーラスはそれ以上の速度で動いて、剣を一閃。

それだけでオオカミの首が斬り落とされ、金貨をジャラジャラと残して、あとは塵となって消えていく。

「……言うほど強くないな。Bランクってところか」

「ああ。ただ、この辺りにはオオカミのモンスターがもともと多いし、紛れ込んだといったところだろう」

冒険者で言えば『上級』とされるBランク。

もちろん、モンスターの方も『上級』と称するに値するが、人外のレベルに到達したSランクが相手すれば、一太刀で終わる。

……その時、ざりっと、地面を踏む音が響いた。

ホーラスとアイヴァンは驚愕した様子で、武器を構えつつ音がしたほうを向いて……そして驚いた。

そこにいたのは、長い銀髪と青いワンピースを泥だらけにして、白い肌にいくつもの傷を作った、五歳ほどの幼い少女だったからだ。

「生き残りがいたのか！」

ホーラスは剣をアイテムボックスに放り込んで、少女に近づく。

ただし、急に駆け寄ったりはしない。

無害であることをうまく表現するように。ゆっくりと歩いて近づく。

何故なら、ワイズリア王国は、『大国』の中で、最初に魔王から侵略された国。

この年齢の少女なら、『普通の男性に出会った記憶がない』可能性がある。

本来なら女性を連れてくるべきだったかもしれない。ただ、そもそも、『生き残りがいると想定していなかった』のだ。誰かを助けられると思っていなかったのだ。

だからこそ、ゆっくり……アイヴァンとホーラスなら、『優しい笑み』をうまくできるのがホーラスであるゆえに。

ホーラスは、歩いて少女に近づく。

少女の視線が、まっすぐにホーラスを見ている。

少女の瞳はとても濁っているが……それでも、まだ、何か『わずかな光』が残っているような、そんなギリギリの状態。

まともな栄養も、まともな薬も、まともな愛情も、何もかもが足りていない、そんな少女は……

「！」

ホーラスはさらに驚いた。

少女は、両膝を地面について、両手を地面につけて、額を地面につけて……。

「おねがいじまず。おねがいじまず。おれに、剣を、おじえでぐだざい」

そう、絞りきるような声で、そう……懇願した。

「……」

絶句するホーラス。

彼には理解できなかった。

この状況で、この少女が、『助けを求めない』ことを。

力が欲しいと願うのはわかる。

だが、それ以上に、『助けてほしい』という感情が出てくるはず。

ゆえに、ホーラスにはわからなかった。

「おねがいじまず。おねがいじまず。おれに、剣を、おじえでぐだざい」

もう一度、懇願する少女。

そんな少女に向かって、ホーラスは近づいてしゃがむと、少女に話しかける。

「教える。剣だけじゃない。たくさんのことを教えてやるさ」

そういうと、少女は顔を上げた。

濁った眼。

しかし、僅かに、何か『希望』を宿している瞳。

そう……それを見るだけで、ホーラスは、自分の中で燻っている何かが、震えるような気がした。

「ほんどう？」

「ああ。本当だ」

ホーラスは少女の両肩を上げて……そして抱きしめた。

「！　……あ」

「何も聞かないさ。大丈夫、大丈夫。安心しろ。強くしてやる。君は強くなれる」

抱きしめるのはやめて、肩を持ったまま、ホーラスは少女に、優しい笑みを向ける。

「だから、強がらなくていい。だから、『おれ』なんて言わないで。本当に、君は強くなれるから」

「お……わ、わだじ……」

「そうだ。そうだ。俺はホーラス。君の名前は？」

「わだじ……らん、じぇあ」

「ランジェアか。良い名前だな」

「じ、じじょう……」

「師匠か。好きに呼べばいいさ。これからよろしくな。ランジェア」

「うん、じ……じょ……」

そういって、ランジェアは気を失った。

倒れそうになる体をホーラスは支えて、そして抱き上げる。

栄養も何も足りておらず、細く小さい体。

しかし、内に秘めたものは、とても大きなものだろう。

「ホーラス……」

「あの目。あの懇願……俺はこれから先、忘れることはできないだろうな」

「俺もだ。あそこまで……『未来』を感じられるものはない」

「生きることを諦めない心。強さを求める心。すげぇよな。こんな小さい子が、『自分は守られる側だ』って、俺たちに思わせなかった。戦う側だって示したんだ」

「……こんな時勢だ。初対面で出会って一分。そんな子供に可能性なんて考えない。だが、ランジェアは違うな」

「ああ……」

ホーラスは優しく抱き上げたまま、ランジェアに笑顔を向ける。

「ランジェアは、きっと、世界を変えられる」

フフッとほほ笑んで、アイヴァンのほうを見た。

「拠点に戻ろう。ランジェアの治療が先だ」

「ああ」

ホーラスはランジェアを抱いたまま回復魔法をかけて、傷を治しつつ、歩き始めた。

先ほどまで、希望のなさそうだった足取りは、今は、とても軽くなっている。

★★★

暗くない。

冷たくない。

硬くない。

そんなことすらも久しぶりになるような、少女の目覚め。

彼女を待っていたのは、温かいご飯だ。

そのご飯に手を伸ばし……自分の腕を見て、自分の顔に触れて、あちこち触って……『傷』が何もないという状態に混乱したのは、言うまでもないこと。

そして……体の内側や心はともかく、『外傷』程度ならば、Sランク冒険者にとって治すのも容易であることは事実。

そんな少女の混乱をどうにかするところから始まった朝。

……近くで、少女の師匠の相棒が。呆れた表情をしていたのは無理もない。

子供は傷が治るのが早い。というだけではないだろう。

本人の生きようとする意志、強くなろうとする意志、そして、そんな少女を支える師匠の看病が、少女の体を癒していった。

傷を治し、栄養をたくさん取ったランジェアは、将来は美人になると確信させるような、『美幼女』とでも呼ぶべきものになっていた。

「さて、ランジェア。まずは、魔力を動かせるようにする必要がある」

「魔力……私、できたことない」

「大丈夫だ。コツもある」

「どんなの？」

「そうだな……魔力っていうのは、『安定』を求めてるんだ。何にでも『なる』んじゃなくて、何にでも『なってくれる』のが魔力なんだよ」

「何にでもなってくれる」

「そうだ。だから、『こうなってほしい』っていう、強いイメージ……いや、『確信』かな？　これが必要になるんだよ。それをもとに訓練してみよう」

「うん！」

……十分後。

「むううう！　むうううううっ！」

小さい手でかざして、必死になっているランジェア。

その手の先では、『なんかモヤモヤしたもの』が形作られようとしており、どこか『水っぽさ』はあるが……そもそもまだ七歳の少女だ。頭の中にある科学の知識は大したものではないし、水というものがどういうものなのかがよくわかっていない。

そして、『それを生み出す』ということがどういうことなのかも、よくわかっていない。

故に、手でモヤモヤしているだけで、手の先で水にはならない。

「……休憩した方がいいんじゃないか？」

「いや、なんかもうちょっとでできるような、イメージ次第な気がするんだよ」

「魔法って原則的に全部イメージ次第だろ」

「横からうるせえな」

「むううう！　むうううっ！」

ランジェアは頑張っているが、やはり七歳のイメージでは足らない。

「こう、えーと、なんていうかその……」

「むううううっ！」

「そう、アレだ！　う◯こ気張るような感じで！」

「んっ！」

次の瞬間、ランジェアの下半身がキュッと動いて、手のひらの前で水がザパッと生成。

そのまま水は落下し、たらいの中で広がった。

「できた！」

ランジェアは満面の笑みを浮かべているが……。

「うーん。困ったな」

かなり頬が引きつっているホーラス。

コツとして間違ってはいないのかもしれない。ただ、なんか、汚い。

アイヴァンは呆れた様子でつぶやく。

「魔法を使うたびに大のほうを想像するのはマズイからな」

「反省はしてる」

「次から改善しろよ。お前と付き合ってると、そういうのが治らない傾向がある」

アイヴァンは顔をしかめている。

治らないと言っているが、過去に何があったのか。

いや、ここで何を語っても仕方がない。とりあえず今は、ランジェアがしっかりと魔法を使うことをイメージできたことを喜ぶべきだ。

喜ぶべきだが、アイヴァンとしては、どうしてもモヤモヤを抱えている。

ただし、そのモヤモヤは、『ホーラスの指導センス』に対してではなかった。

……その日の夜のこと。

「バケツをひっくり返したようなって表現。聞いたことあるか？　アイヴァン」

「あるな。そもそもバケツをひっくり返したら、雨じゃなくて滝だろと思ったこともある」

安宿から見上げた空は、星一つすら見えないほどの豪雨である。

「ここまで降ったのは初めて見たかもな」

「豪雨が降るダンジョンに入ったこともあったが……」

「あー。あれか。確か『カオストン竜石国』の四大ダンジョンの一つだったよな」

「『天の怒り』というダンジョンだったな。まあ、アレは水量というより、水の冷たさと暴風がメインだったが」

「奥の方に行ったら、低体温症まっしぐらの台風みたいな構成だったし、あれは忘れんよ。と言っても、後半は入れなかったし、手掛かりもなかったから、もう潜ることはないだろうけど」

「だろうな」

話していると、空がピカピカっと光って、ゴロゴロと音が聞こえた。

「雷まで降ってきたか」

「今日はほんとに降るなぁ……」

ホーラスもアイヴァンも、雨だからと言って特別気分が落ち込むタイプではない。

単に珍しい物を見たといった様子だ。

とはいえ、天候はモンスターに影響を与えることも多く、無視できないのは事実。

「俺はこれから資料を作る必要がある。ホーラスは?」

「もう寝るよ。計画書はある程度作ってるし」

「そうか。なら、また明日」

「ああ、おやすみ」

ホーラスとアイヴァンは分かれると、そのまま別の部屋に入っていく。

ベッドが一つと、テーブルに椅子。

何の変哲もない、安宿の個室といったもの。ゴーレムマスターではあるが、安宿が本拠点という訳でもなく、荷物は最低限だ。

「さてと、ここまで降ってると外は使えないな。明日はどうするか……ふああ、まあいいか。とりあえず明日考えよう」

そういって、ホーラスは布団をかぶる。

寝つきがいいタイプなのか、数分後には寝付いてしまった。

……その、数分後。

「……」

白い寝間着を着たランジェアが、涙の滲んだ眼をこすりながら、枕を抱いて廊下を歩いている。

……次の瞬間、外でピカッと光り、ゴロゴロッ！　と一際強い雷が鳴った。

「っ！　……うっ、ぐすっ……」

ビクっと体が反応し、声が漏れる。

ランジェアはホーラスの部屋にたどり着くと、ノックをする。

……反応がない。

ランジェアはドアを開けて、中に入った。

「ZZZ……」

大きな雷があったというのに、スヤスヤ寝ているホーラス。

「……」

ランジェアは中に入って、そのままベッドに上がる。

枕を置いて、ホーラスに正面から抱き着いて、彼の胸に頭を預けるように、ギュッと抱きしめた。

「んん……ZZZ……」

何か感じ取った様子のホーラスだが、すぐに眠りについた。

……これで、ランジェアが何かしらの攻撃でも仕掛けていたら話は違うだろう。しかし、彼の感知範囲に、『危機』は存在しない。

それゆえに、ホーラスの反応も鈍い。

ランジェアは七歳の力ではあるが、抱き着いている。

「んん……」

ホーラスが寝返りを打って、ランジェアを抱きしめるような形になった。

「！　……♪」

ランジェアはぴくっと反応したが、すぐにホーラスが寝ていることに気が付いて、微笑んだ。

……再び、空が光り、音が鳴る。

しかし、ランジェアはもう、それを恐れてはいなかった。

……そこから、十分ほどたったころ。

「……ホーラス、起きてるか。ちょっと借りたい資料が……」

アイヴァンがドアを少し開けて、小声で中を覗き込んだ。

しかし、ベッドを見ると、布団の中は明らかにホーラス一人のものではない。

外は豪雨でうるさいが、確かにアイヴァンの耳には、スヤスヤと、二人分の寝息が聞こえる。

「……明日でいいか」

アイヴァンは扉を閉める。

そのまま廊下を歩きながら、呟いた。

「師匠……か」

ランジェアに出会ってすぐに、『冒険者』から『師』になった相棒にため息をつきつつ、自室に戻っていった。

★★★

ホーラスによるランジェアの指導は続く。

もともとランジェアに才能があることは事実で、そこにホーラスが上手く理論を構築し、悩むことのないようにしている。

傍でそれを聞くアイヴァンは別に学者ではないのだが、Sランクなのでその手の研究者たちと話すときはある。

それと比べたとき、ホーラスは十七歳にして、アイヴァンが出会ってきた全ての研究者を上回る知識量がある。

特に深さ、別の言い方をすれば『大原則』というべきものだろうか。

そもそもホーラスは魔力を『何にでもなる物質ではなく、何にでもなってくれる物質』と認識して運用しており、おそらくこれもまた、一つの『大原則』と呼ぶべきものだろう。

この理論をアイヴァンは他で聞いたことがないが、ホーラスがそれらをもとにして述べたコツに関しては、実践すればそれが形になってあらわれる。

そんなことが今までにたくさんあったが、ホーラスがランジェアに教えていることも、そのそんじょそこらの学者では到達できないレベルの情報だ。

ホーラスの指導で強くなり、美しくなっていくランジェアは、アイヴァンがホーラスと組み始めたばかりのころ、彼の知識に頼ったあの日に似ている。

あの日も今も、ホーラスとアイヴァンは対等だ。

相棒としてホーラスはアイヴァンに接するし、アイヴァンも同様。

ただ、それが下に向けて、まだ弱い誰かに向けての教えとなると、それまでとは全く別の性質を持っている。

アイヴァンは思うのだ。

もう、十分だと。

……ある日の夜のこと。

「そういや、アイヴァン、最近遠出の準備してるけど、どうした？　どこか遠征に？」

「……お前がランジェアを鍛え始めたあたりから考えていたことだが、コンビを解消しようと思っている」

「え？」

ホーラスが呆けているのを見て、アイヴァンは『珍しい表情だ』と思いつつ……。

「俺は俺で憧れている男がいる。お前とは違うものだ。確かに俺とお前の得意分野はかみ合っていたし、コンビを組むのなら、俺はお前が一番いいと思っている。だが……お前は、『師』となった。それは俺とは合わん」

「アイヴァン……」

「ランジェアを鍛えるべきだと思うのは事実だ。彼女は世界を変えられる。そんな人間になれる。そして……ランジェアにモノを教えるのはお前だけで十分だ」

「……」

「俺は俺の憧れを追いかける。お前はお前のやりたいことをやる。それを続けるのなら、コンビではいられんし……これは予測だが、お前はいずれ冒険者を辞めるだろう。だが、俺が憧れた男は、生涯冒険者だ」

「……そうだったな」

「ギルドを作ろうと思っている。俺たち以外にも、前線に来る人間は多くなった……まあ、男ばかりで、『読み間違い』で魔王の虜になっている者も多いが、そのせいで、『後ろ』のほうが維持できていない」

「そっか。そうだな。アイヴァンが憧れた冒険者は、そういう『後方』をそのままにはしないか」

「そうだ」

アイヴァンはまっすぐホーラスを見る。

アイヴァンの決意は固いだろう。

そして、『憧れ』を大切にするという考え方は、ホーラスのほうが強い。だから、自分の信条に基づけば、彼を引き留めることはできない。

「ギルドねぇ……どんな名前にするんだ？」

「まあ何か大きなことはしたいし、『一世風靡』にでもしようと考えている」

「そっか。いつ出発するんだ？」

「これからだ」

「はやっ……はぁ。お前は昔からそういうやつだよ」

ため息をつくホーラスだが、別に、アイヴァンのそれに反対する様子はない。

「……最後に一つ聞いておこうか。ホーラス、お前は……ランジェアなら、魔王を倒せると思うか？」

「いずれな。大丈夫だろ。倒せる倒せる」

「……ならいい」

アイヴァンは椅子から立ち上がった。

「お前と組んで五年。楽しかった」

「そういやもう五年か。いやー。あの時は驚いたよな。冒険者登録してるやつが同じ日に二人。しかもどっちも十二歳なんてクソガキだ。その二か月後に魔王が現れてわけわかんないことになって……今ではSランクだもんな」

笑っているホーラスだが、アイヴァンも笑顔だ。

「達者でな。ホーラス」

「そっちも頑張れよ。アイヴァン」

別れる時も、みっともなく止めたりはしない。

お互いの言いたいことはわかっているし、別に嫌いになったわけでもない。

ただ、『別れた後でも、お互いの成功を信じられる』という、それだけの事だ。

「……」

アイヴァンの背中が遠くなり、そして見えなくなる。

……いつから聞いていたのか、ランジェアは、そんな二人を見ていた。

その後も、ホーラスという師匠のもとで、ランジェアという弟子は育っていく。

ホーラスはドラゴンと戦うときに、学問があるからとマウントを取るような人間である。

要するに、自分がしている研究や戦闘術を、しっかり言語化、理論化させるという行動をとっている。

ランジェアに基礎的な知識を教えた後で、そういった理論を仕込むことで、ランジェアが『理解』し、応用できるように育てていった。

ただ……十分戦闘力がついたあとも、なかなかランジェアは冒険者になろうとはしなかった。

この世界で広く旅をするとなれば、冒険者になるのが一番楽だ。

しかし、ランジェアはなかなか冒険者になろうとはせず……最終的に語った理由は、『ホーラスが十二歳で冒険者になったから』と言われ、ホーラスもそれからは聞くこともなくなった。

冒険者にならないということは遠出しないということでもあり、ホーラス自身も、冒険者であり続ける意味もなくなった。

そして、そのころには世界会議で『特例』が整備され、元冒険者であっても働ける場がたくさんあった。

ホーラスはそれを利用し、アンテナに目をつけてディアマンテ王国に入って、城で勤務することに。

ランジェアにはそれを隠しつつ、城で勤務する間は、彼女には自主練のメニューを用意する方針を取っている。

教えるばかりではホーラスと同じになり、そしてランジェアはホーラスではないのだから、同じ戦い方で強くなるのはどうしても『制約』が出る。

上手くアレンジするためには、自分で考えることも必要なのだ。

時折、どこかから拾ってくるためか、『弟子』が何人か交じりつつ、ランジェアは強くなり……十二歳の誕生日で、冒険者になることを決める。

その結果は、すでに出ている通りだ。

現実の時間から十年前。ホーラスとアイヴァンが想像したのは、ランジェアが魔王を倒した未来。

それは達成された。

それはすごいことで、評価されることで、感謝されることだ。

しかし世界は、それを受け入れることすらできないほどに、とても……安かった。

……そろそろ、時間を、現実へ戻そう。

思うところはいろいろある。

忘れられない懇願は今も脳裏に焼き付いて離れず、ホーラスとアイヴァンは、いろいろなことを思い返しながら、話を続けている。

「……俺は十年前にお前と別れた後、コンビ解消の宣言を支部でやって……その後で、『一世風靡』というギルドを作った」

「今は『全世風靡』……途中で変わったわけか」

「ああ。ＳＳランクに上がった時に、変えようって話になった」

「そっか」

二人が静かに話していると、個室の扉が開いた。

「なるほど、ここにいたわけですか」

「ギルドマスター。私たちも交ぜてくれませんか？」

個室に入ってきたのは、ランジェアとレオナだ。

「ランジェア……」

「レオナ。どうしたここに？」

「ここで飲んでいると推測したので、ランジェアを誘ってここに来ました」

そう言って、ランジェアはホーラスの隣に、レオナはアイヴァンの隣に座った。

……当然、本来なら二人で使う部屋なのであまり広くないのだが、二人とも細いので普通に座れる。

「……グラスをお持ちしました」

「……通したのか」

グラスを二つ持ってきた酒場のマスターに視線を向けるアイヴァンだが……。

「『勇者』と『序曲《プレリュード》』の二人から睨まれて、抵抗できる酒場の店主などいませんよ」

「……それはそうか」

アイヴァンは納得したようだ。

というわけで、アイヴァンがグラスにワインを注いだ。

「さて、こうしてかつての相棒が再会し、その側近もそろったことですし、乾杯！」

レオナが笑顔でそう言うと、他の三人もグラスをもってチンッと合わせた。

静かに飲んで……。

「……すごくいいワインですね」

「手に入れるの、とても苦労しましたから」

「なるほど……ところで、師匠とアイヴァンさんは、ここでどんな話を？」

「ま、昔から苦労したこともあれば、好き勝手にしたこともあったなぁって話してただけだよ」

「そうだな」

別れてから十年。

別れる前は、ホーラスとアイヴァンは五年。冒険者としてコンビを組んでいた。

言いたいこともたくさんあるに決まっている。

「フフッ、ホーラスさん。初めまして。ギルドマスター側近部隊、『幻想曲《ファンタジア》』の序列一位を務めている、レオナと申します」

「……城で働いてた時も、なんか後方で諜報員がうろうろしてると思ってたが、様子を見る限り君みたいだな」

「その通り」

「ギルドが一気に大きくなったから情報戦が必要になって、奴隷市場を適当につぶした時に拾ったらなかなか優秀だった。そこから任せている」

「その遭遇方法、お前昔から変わらんな」

魔王の侵略から逃げることができた女性であっても、別の国にいってまともに生きていけるかどうかは本人次第だ。

当然、中にはそこで失敗する女性も多い上に、『容姿の良い女性』というのは、『組織的な悪意』によって詐欺の被害になることも多い。その詐欺の嗅覚が優れている者も少ない。

後方でそういう市場ができたときに潰したら、レオナがいたという訳だ。

「で、レオナ。この四人が『ここ』で集まった状況で、世間話だけで終わらせるつもりか？」

「いえいえ、そんなつもりは全くありません」

「『ここ』ってどういう……ああ、確かに、防音と盗聴対策が優れてるな。建築士がよほど優秀なんだろう」

「建築するときに魔法を組み込むことで発揮しているようだが、かなりの性能でな。酒も美味いし、ここに来た初日に見つけて、気に入っている」

「なるほど……で、どんな話を持ってきたんだ？」

ホーラスがレオナに聞くと、レオナは少し、笑みを浮かべた。

「セデル連合ですが、今、どうなっているかご存じですか？」

「セデル連合の今？　……パストルとセデルがいないし、『宮廷冒険者』の枠はもう望めないだろ。空中分解したんじゃないのか？」

「いえ、現在、セデル連合は『アルバロ』という男がまとめています」

「アルバロ？」

「Sランクギルド『パラサイト』のギルドマスターです」

「聞いたことがないな……」

ホーラスは首をかしげるが、ランジェアは記憶にあるようだ。

「セデル連合結成時、セデルの副官として活動していた男。セデルがいなくなったことで、連合のまとめ役になっています」

「へぇ……連合自体が勝手になくなると思ってたのに……」

「そうだな。セデルがいなくなるのと同時に、アイツと懇意にしていた『全世風靡』のメンバーは全員ギルド追放の処分を下した。SSランクギルドの看板がなくなったということでもある」

「そんな連合を維持して、何か目的が？」

「ええ」

レオナは説明をつづけた。

「そもそもこの『パラサイト』というSランクギルドは、冒険者とかかわりのある国外の『大型商会』の依頼を受けることを主としています」

「大型商会ね……」

要するに、発言力の強い商人との『人脈』を構築しているということだ。

「そんなギルドのトップであるアルバロが運用する場合、このセデル連合もまた、商人たちの気分を良くさせるために動くことになるでしょう」

誰が連合の代表になるのか。

それはとても重要なことで、前代表の側近を務めた男が繰り上がりでその椅子に座るのは、別に納得できない話ではない。

そもそもセデル連合最大の目的であった『宮廷冒険者計画』が潰れたことで、連合に参加していた者たちは全員が、『このままだと連合は泥船だ』と思っていたはず。

だが、そこから『パラサイト』のギルドマスターの人脈で、『連合そのものが大型の商会と関われる』となれば、これからも参加する意義ができる。

「次に調子に乗るのは、商人ってことか」

「はい。というより、レアストーン・マーケットに集まるキンセカイ大鉱脈の金属を、多くの大型商会が狙っています。ただし、大鉱脈は『特権』によって守られており、これを覆すことは普通できません」

「……商人が集まったからと言って、世界会議が決めた特権をどうにかできるのか？」

世界会議と商人というのは、言い換えれば『権力』と『財力』のぶつかり合いだ。

もちろん、国家は徴兵制が採用されており、それを利用して数多くのダンジョンに兵士を送り込むことが可能である。

どんなに大きな商会であろうと、財力で『国家予算』にかなうものはいない。

しかし、商人は、金の『種類』を知っている。

どのように資産を持つのか、どのような払い方があるのか、そういった『種類』を知っている。

現金の一括払いだけが商売ではない。

長年の商売経験から導き出す金に対する理解力。

これが、『財力』なのだ。

持っている現金の多さは重要だが、それだけで財力は決まらない。

「本来ならできないでしょう。ただ……セデルが連合を結成するとなった時、アルバロは最初にこの連合に加わりました。多くの大型商会とつながりを持つほどの男ですし、相当頭が切れるはず」

「ま、何か『策』はあるってことか……っ！」

「！」

レオナの説明につぶやいたホーラスだったが、何かに気が付いた様子。

アイヴァンも同じタイミングで、思うところがあったようだ。

「アイヴァン」

「ああ。『商会提携の冒険者ギルド』に手を加えて引き起こせる混乱。アイツらが好きそうなものだ」

「はぁ、これだから、『この手のギルド』は嫌いなんだよなぁ。冒険者は傭兵でも雑用係でもないってのに……」

冒険者協会とギルドは、『不満解消』という倫理的に正しいことを成すために、クエストシートを発行する権限を持っている。

しかしこれは、『旅』という歩み方を邪魔させないために力を蓄えていたら、それを分け与える余裕ができたからこそ。

商人が気持ちよくなるように動くということは、明確な意味で『商人たちより下』ということを認める行為であり、それを認めてしまっては冒険者は単なる傭兵に、雑用係に成り下がる。

「……俺さ、国が冒険者を雇うっていうのは論外だと思ってるけど、実質的に商会が冒険者を雇う形になってるのも嫌いなんだよな」

「俺も嫌いだ。もっとも、弁えることを、立場があるということを忘れたやつが調子に乗るのは、いつものことだが」

ホーラスとアイヴァンには、『何か』が見えている様子。

「つっても、寿命は短そうだな」

「ああ、これまでその体制を維持していた男が、『弁え方を知らない部下』を持つことの危険性を知らないはずがない。おそらく……そのパラサイトに商人たちが働きかけて、アルバロが維持するハメになったといったところだろう」

「埋蔵金があると思って穴を掘ったら墓穴になるのはよくある話か」

今後の展開。

それに対する予想がある程度二人の中で出来ている様子。

しかし、ランジェアにはわからない。

「師匠、いったい、これから何が……」

「そうだなぁ……ええと……アイヴァン、何を言えばいいかな」

「そうだな。とりあえず、必要な前提だけ話そうか」

アイヴァンはランジェアを見る。

「ランジェア。『竜銀剣テル・アガータ』の手入れはしっかりしておけ」

「……」

商人が相手だが、結局暴力？

そう、ランジェアが疑問に思ったのは、無理もない。

第十五話　Sランクギルド『パラサイト』マスター。アルバロ

おおよそ、『ボッコボコに殴られた』くらいの外傷であれば、ポーション店にいって金貨一枚出

せば即行完治ができる。

そして、『受けた傷をそのままにしておく』ことは、ハイソサエティな世界だと舐められるし、一度でも舐められたら『終わり』という部分があることも事実。

立場によってはある意味『恐ろしい事』なのだ。

大型の商会というのは貴族とのつながりがある場合も多いため、このような商会が話に絡むと、外傷はそのままにできない。

そういう意味では、『鉄拳制裁』の恐ろしさは『金貨一枚』に相当するということだ。

逆に言えば、『金貨一枚』の恐ろしさは『鉄拳制裁』に相当するということだ。

……なんだか必要な理論を十個くらいすっ飛ばしているような気がしなくもないが、そういうことなのだ。

「ククク、やはり操りやすくていいですねぇ。馬鹿な冒険者というのは」

短く切りそろえた茶髪と高級スーツといった見た目のアルバロは、セデルやパストルが使っていた執務室で、書類を作っていた。

「僕も馬鹿だと思うけどさー。本当に計画が上手くいくとは思えないけどねー」

「ソラ。あなたも私への態度を改めなさい。優秀なのでおいていますが、何かあれば叩き出しますよ」

執務室に置かれたソファでは、一人の少年が寝転がっている。

高級スーツを着ているのはアルバロと変わりないが、長い青髪の下は童顔かつ中性的。

よく見れば喉仏がはっきり見えるので男なのは間違いないが、声も高めで、声変わりしていない少年といったものだ。

「あはははっ！　僕が金を引っ張ってきたから、それを使って大きな商人にゴマをすれたのに、僕を追い出して、他のところに行ったら困るでしょー」

「……大金を用意したことは感謝していますよ。ただ、金だけですべてが決まるわけではない」

「ふーん……まあそれは事実か。守りきれない大金ほど無駄なものはないし」

「そう、その金でどんなものを用意するか。それが重要なのですよ。ただ金をため込んで安心するような貴族どもと同じにしないように」

「僕も、別にここを追い出された後で貴族のところに行こうとは思えないけどなー……ま、いっか」

ソラはふああ、と欠伸しつつ、資料を見ている。

「で、キンセカイ大鉱脈の希少鉱石を獲得する計画。本当に進めるの？」

「当然です。そのために、わざわざトップが追い出されると分かっている連合に残ったのですから」

「あー、まあ、セデルやパストルだと力不足なのはわかるけどねー」

アルバロという男は、最初からセデルやパストルが失態で消えるのはわかっていたのだろう。

勇者とその師匠の実力に対し、正確な理解はできずとも、舐めているわけではない。

だからこそ、そことぶつかってしまう計画を立てたセデルやパストルが失脚するのは目に見えていた。

「で、どうするの？」

「闇取引でどうにかできる相手ではない。ならば、こちらは正攻法で行くだけ」

「正攻法？」

「その通り。勇者コミュニティには、絶対に用意できないものがある」

「ほー。どんなの？」

「ズバリ、『高級感』です」

「……？」

「魔王を討伐するその武力と、質の高い装備を整える技術力と、百人という規模を支える輸送力は認めましょう。しかし、質実剛健の中では、技術は育っても文化は育たない」

「なるほど」

「確かに、大鉱脈から出てきた金属は、この国の商人や鍛冶師が優先的に買い取れる権利がある。しかし、その受け取るこの国の商人も人間。その欲望を利用してやればいいのです」

要するに。

「……この国の商人を『高級感』あるアイテムで『接待』して気分良くしてもらって、そこから金属や関連商品を安価で買い取らせてもらおうってこと？」

「その通り」

この国の商人が手に入れた金属を手に入れるというのは、簡単なことではない。

この国の商人同士で取引を行って、宝都ラピスではなく他の町であろうとも結局鍛冶師に売るからだ。

そしてできた装備を優先的に買い取る契約を結ぶことも多い。

要するに、この国の商人は希少鉱石と、その金属からできた装備をかなり抱えているのだ。

そういう構造になっているわけだから、『接待』をしただけで簡単に金属などをもらうことはできなさそうだが――

「難しいことは分かっています。しかし、追い風、と言える要素があるとすれば、勇者の師匠が大鉱脈に入り、そこで手に入れた要らない鉱石が大量にレアストーン・マーケットに流れていること。中層の希少鉱石なら、そのせいで価値も下がっているので手に入れやすくなる」

「でもさ、仮に竜石国の商会と本当に『仲良く』なれたとしても、そもそも連合関係の大型商会の方が、『冒険者を抱えるようになったのだから深い階層の金属を取ってこい』って急かしてくるのは変わらないよね。今いる「残り物」の冒険者たちにそんなことが容易にできるとも思えないけど、どうするの？」

「さすがに時間がかかるのはわかるはず。これればかりは、ゆっくり崩すしかない」

「ふーん……意外と堅実」

ソラは退屈そう……ではなかった。

(ま、無理でしょ。『大型商会』と繋がってるとなると、後ろ盾がデカいと勘違いする連合のメンバーも多いだろうし、そうなったら『暴走』する)

合理性には、それを維持するだけの精神が必要になる。

しかし、どこにでも調子に乗る人間はいる。社会を舐めている人間はいる。

ソラが現時点でもわかるアルバロの策の弱点を挙げるならば、現在、『連合』という形になり、これまでの彼のギルドのメンバー以外も抱える状態になったことで、『今までとは違う引き締め方』が必要になったことだ。

アルバロという男には、確かに危機感がある。

勇者とその師匠を相手にしてはいけないという危機感が。

だが、彼の部下……いや、『部下になったばかりの、今まで調子に乗っていた冒険者』は、違うのだ。『自由』と『無秩序』をはき違え、欲望のままに暴走する危険性をはらんでいる。アルバロの計画は、冒険者たちのその『馬鹿』さ加減を考慮に入れていない。

（もう一個……本当に、勇者コミュニティに優れた『文化』がないのかどうかだね。ていうか、具体的な資金力は知らないけど、やろうと思えば『文化ごと買える』んじゃないかな。知らんけど）

ソラは最近、ホーラスがあちこちに営業でいろんなものを持ち込んでいることは知っている。

要するに、『勇者関係者が、あちこちに何かを持ち込む』という前例が既にできているともいえる。

（ふーむ……鉄拳の恐ろしさは金貨一枚。勇者コミュニティレベルになると、どれほどの暴力に匹敵するのやら）

ソラはちらっとアルバロを見たが……彼がそれに気が付いているようには見えない。

……いや、気が付いたとしても、彼に止められるわけではない。

それはパワーバランスの問題であり、彼にはどうしようもない領域だ。

（ま、いっか。シドが行動するまで暇だし。適当に見てよっと）

ソラはそんなことを考えながら、資料を読んでいた。

★★★

「がふっ、がっ、ごおおおおっ！」

そのシドが何をしているのか。裏で何をたくらんでいるのか。

小さな明かりに照らされた洞窟の中で、パストルが叫び、もがいている。

石の壁に磔にされ、青い金属塊が鎖で彼に括り付けられ、バチバチと放電し、彼の体に浸食しているようだ。

「頑張ってください。これを乗り越えたら、あなたは過去に巨大な大陸を滅ぼした力を手に入れる」

「じっ、事実なんだろうな！　ぎっ、があああああっ！」

「嘘はつきませんよ。そうする意味もありませんし」

「何を言っている！　お前はセデルを殺しただろうが！　ぐっ！　しかも、あんなあっさり、信用できるか！」

「ああ、それはこちらにも事情がありましてね。彼は分類が悪かった。それだけです。今回は問題ありませんよ」

力を手に入れる方法は、原則、二通りしかない。

弱い力を鍛えるか、強い力を制御するか。

前者は一般的な修行といえる。知識を蓄え、反復練習と実戦経験を増やし、それによって成長するものだ。

後者の場合、そのほとんどは『改造』といって過言ではない。

本来の人間の成長速度を無視し、人間には本来扱いきれない力を無理やり取り込む。

もちろん、強すぎる力を普通の人間であっても安全に制御できるようにするのが『人間の知性』の特徴であり、本来なら暴走を招くようなものではないし、知識が優れている者が傍にいればそういった事態は避けられる。

「お、俺の体はどうなるんだ。ぎいいいっ！」

自分の体がむしばまれる感覚。

それに対して不快感や苦痛を感じない存在などいない。

パストルが選んだ力を手に入れる方法は、後者だ。

それゆえに、今、彼は苦痛を味わっている。

「力を手に入れる。それが楽なはずがないでしょうに……」

呆れている様子のシド。

欲深いことも、厚かましいことも、世の中で成功する秘訣ではある。

そこを否定するつもりはシドにはない。ただ、否定はしないが考慮はしない。

それゆえに、シドと組んだパストルは自分の体を強化する機会を得たが、苦痛に藻掻き苦しんでいる。

シドが、一国を滅ぼせる力を安全に与える手段を持っているかどうかは、別というわけだ。

第十六話　死ぬほど嫌いだ

「ふーむ……ガイ・ギガントのドロップ品。やっと組み込めたが、これはすごいな。魔力安定性能が想定よりも高い」

「想定していたよりも十分化け物じみた装備だな」

「だろ？」

ホーラスの『全力装備』とも言える兵器、『機械仕掛けの神《デウス・エクス・マキナ》』。

圧倒的な頑丈さ、膂力、機動力、攻撃力を有するものだが、ガイ・ギガント討伐時、その完成率は本人談で八パーセントである。

組み込んで、そして『すごい』と言っている以上、その完成率は上がっていると思われるが、どうやらその中でも、『魔力の安定化』の性能が高くなっている様子。

キンセカイ大鉱脈の中で試していると、アイヴァンに遭遇。

そのまま彼を引き連れて試運転を続けていたが、ホーラスとしては満足。アイヴァンは呆れているといった様子だ。

「俺がブレスを空気に上書きする攻撃をしたら、すぐさま『安定力を上げたブレス』を使ってきたが……このインゴットを落とすことを考えると納得だな」

「お前の技術力はどうなってるんだ？」

「あれから十年だぞ。そりゃ俺だっていろいろ直感を外れた領域に到達するさ」

ホーラスは今、『戦闘中』だ。

キンセカイ大鉱脈深層。エリア九十八にて。

鋼鉄の皮で全身を覆った牛が何十頭も、ホーラスに向かって突撃する。

しかし、右手に持った片手剣で振るうだけで、いともたやすくモンスターの体は切断され、金貨とインゴットを落として消えていく。

金貨とインゴットは、左手の前に出現している『渦』に吸い込まれていった。

「普通に装備しているだけでかなりの集中力をつかっていたが、こうして適当にモンスターを倒すだけならずっと着ていても問題……あるな。流石に蒸れる」

「それ専用の機能くらいつけられるだろ」

「忘れてた」

「何故？」

「俺、体の方を弄りすぎてて、体調が基本的に万全になるように体を作ってるんだよ。だから、服とか装備とか、外付けのものに快適性がなぁ……」

空気の通り穴は皆無ではないがかなり狭い。

しかも全身に装備するタイプなので、ずっと着てると熱気と湿気がこもる。

「安定……か。さて、そろそろ終わりだ」

左手でフルフェイスメットの左耳あたりに触れると、首から上の部分がなくなって、顔が晒される。

ホーラスは目を閉じており……それを開くと同時に、威圧を解放した。

それだけで、周囲にいた牛は全て、上から押しつぶされたかのように止まる。

「ほう……威圧。上手くなったな」

「お前にそう言われるとうれしいね。ただ、お前の方が上手いし強いだろ」

「威圧はな。純粋な戦闘力は、もうお前との差はどうにもならん」

「気にしてるようには見えねえけど」

「昔からだ」

「それもそうか……で、俺はもうそろそろ戻るけど、アイヴァンはどうする？」

「俺はもう少し潜る。稼ぐというより、最近少し戦闘経験がな……勘を取り戻す」

などと言っていると、金属でできたゴリラが出現。

アイヴァンはそれに対して、剣を構える。

その剣は彼が言うには、『ラーメルが作った失敗作』とのことだが、アイヴァンの構えに迷いはなく、ホーラスも何も言わない。

「……シッ！」

アイヴァンが接近し、剣を振り下ろす。

一切無駄のない動きでゴリラに接近し、上から一閃。

金属でできたその体を一刀両断した。

深層ゆえに、莫大な金貨があふれて、彼が持つアイテムボックスに入っていく。

「当然だが、廃魂歌は伊達じゃねえか。製作者が価値を見出せなくなり、手放してしまったアイテムの性能を、限界まで引き出す独自魔法。俺もいまだに構造がわからねえんだよなぁ」

昔からそうだ。

アイヴァンは、工房が並ぶ職人街で棄てられたアイテムを拾い、それで成り上がって高ランク冒険者になった。

そんな彼の歩みはいろんな人間が知っている。

そんなアイヴァンは、『廃棄された魂の歌』を綴るものとして、『廃魂歌』という名で通っている。

「そうだな。『土未来』よりはかっこよくていいと思っている」

「それは言うなよ」

「昔のお前はゴーレム操作の初歩で地属性魔法に手を出していて、圧倒的な移動力を手に入れ、その後で上半身に高い戦闘力を身に付けた。その結果、まず下を強化し、その後で上が強化された土いじりの冒険者として、『土未来』という名で通った。センスはあるがダサいな」

「俺だってお前みたいなかっこいい通り名が欲しかったよ」

「『勇者の師匠』は不服か?」

「安直は嫌いだ」

「よくいう……まあいい。俺はもう少しここで鈍った体を叩き起こすとしようか」

「そうか。まっ、頑張れよ」

先ほどまで連続でモンスターを倒し続けていたのに、もう一体も気にしていない様子。

目標にしていた個数までインゴットが集まったためなのか、それとも時間的な制約か。

ホーラスは、そこからはモンスターを全て威圧で道を空けさせながら戻っていった。

★★★

キンセカイ大鉱脈の『上層』に戻ってくる頃には、ホーラスは着ていた装甲をアイテムボックスに引っ込めて、その代わりに大きめの革袋を背負っている。

時折出てくるモンスターに関しては、彼にとって『上層』は浅すぎるので小遣い稼ぎの感覚で倒している。

金稼ぎとしてもインゴット集めとしても『目的に合わない』ことは事実だが、銃弾一発で終わるため、小遣い稼ぎという表現が妥当だろう。

そんな形で上層に戻った時だった。

「お、やっと帰ってきたか。勇者の師匠さんよ。ちょっと話そうぜ」

ニヤニヤした笑みを浮かべた冒険者たちが、十人。

通路をふさぐようにホーラスの前に並んでいる。

「……何の用だ？」

「なーに、ちょっと不満に思ってることがあるんじゃねえかって思ってよ」

「不満？」

「そうだ。この国の、大鉱脈の独占をどう思う？　俺たち冒険者にとって不平等だと思わねえか？　実際に鉱石を取ってくるのは俺たち冒険者だってのに、自分たちで使えるインゴットはとても少ねえ。これは明らかに不平等だろ」

「……」

ホーラスはとりあえず、こう返した。

「今の俺は冒険者ではないし、俺は手に入れたインゴットを全部自分で使える許可をもらってるから、不満はないけど」

遠回しに『言う相手を間違えてないか？』と言ってみると、先ほどから話しているリーダーらしい男は、眉間に皺がピクッとできたが、すぐに表情を戻した。

「だが、昔は冒険者だったんだろ？　それなら、インゴットを独占するってことがどれほど不平等なのかわかるはずだぜ。昔からゴーレムマスターだったんなら、インゴットの独占に対して不満はあったはずだ」

「インゴットが『大量に欲しい』のならここが良いけど、昔は数を優先してなかったからな。活動範囲が広かったから、ダンジョンを見つけて、そのラスボスのドロップ品を集めたこともある。このインゴットは癖が強いものも多いから、他のほうがいいこともあるぞ」

言いながら、ホーラスはなんとなく、『彼ら』の主張がわかってきた。

まず前提として、彼らはセデル連合に新しく参加した冒険者だろう。

しかし、やり方がこれまでと全く違う故に、活躍できない。だからこそ、ホーラスを利用したいのだ。

そして、ホーラスがほかの冒険者と同じように、かなりのインゴットを国に売ることを義務付けられていると考えていた。

そこで、『不満』というキーワードで理論を展開しようとしたが、特に今のホーラスに不満はないので、『冒険者時代』を利用し、『インゴットを独占する奴がいたら腹立つだろ』という展開にしている。

『勇者の師匠が不満を漏らす』となれば、この国もそれに従わざるを得ない部分があるのは事実。

そのため、彼らは『ホーラスから大鉱脈の独占への不満を出させる』ことで、ダンジョンで手に入れたインゴットを冒険者のものにする理論に展開していきたい。

ただ……そもそも論を言えば、『違う』のだ。

ホーラスと彼らが『同じレベルの不満』を持つことなどない。

「な、なら……」

「あー。お前らの言いたいことはわかってるからいいよ。どうせ、連合で大して活躍できそうにないから、俺に接触してインゴットを貰って、それで評価を上げたいわけだ」

「そ、それの何が悪いってんだ！　お前だって冒険者時代、誰の手も借りずに活動してたわけじゃねえだろうが！　困っている後輩たちに手助けしてやろうって気持ちはねえのかよ！」

想定とは違い、『ホーラス自身の不満』という点で話を進められそうにないと判断したのか、『困っている冒険者の後輩たちへの手助け』という主張にしたようだ。

明らかな感情論であり、道義に訴えるようなもの。

ただ、ホーラスはディアマンテ王国の王城という、貴族たちが集まった『倫理観のない戦場』にいた人間である。

感情論や道義を持ち出す連中に対して、とある『価値観』を持つのだ。

「理屈が通じないからって感情論か？　道義を持ち出すのか？　無理を通そうとしてそういうのを持ち出す連中のほとんどは、『バカ』か『詐欺師』か、『バカな詐欺師』のどれかだろ」

「～～っ！」

ここで彼らの話に乗った場合、要らないインゴットを彼らに与えることになるが、それが『困っている後輩』に行き渡ることなどないだろう。

あれこれ理由をつけてインゴットを確保しておき、『連合の商人』に売りつけるのが目に見えている。

「ふざけるな！　誰もがてめえみたいに強いわけじゃねえんだよ！　俺たち底辺の気持ちがわかったことがあんのか！」

……ホーラスは改めて彼らを観察した。

その結果見えてきたのは、ここに集まっている十人は、おそらく平均年齢は十八歳で、全員の年齢はそこからプラマイ一程度であること。

そして、少なくとも冒険者としての経験年数は三年以上あるだろうが、全員がEランク、『初級』ランクであるということだ。

「強くない？　ずっと底辺？　……だから、夢を追わないギルドに、商人に媚びを売るだけの連合で満足してるのか」

「うるせえ。お前に何が――」

「齢十八の冒険者がリアリスト気取りか？　鼻で笑われて当然だろ」

地に足がついていないような職業はある。

道があまり見えない、先がどうなっているのかよくわからない職業はある。

そういう職業は、歩み方の定石のようなものはできていたとしても、いくらでも例外が降って湧くものだ。

冒険者というのはそんな職業の一つだが、道が見えていないからこそ、可能性があるし、夢がある。

決して自殺志願者ではない。ただ、命を掛け金にしてモンスターを倒すギャンブラーなのだ。

「……う、うるせぇ！」

吠えて、拳を振りかぶった男だが、ホーラスが軽く威圧すると、それだけで地面に崩れていった。

「……う、おおっ……」

「はぁ……」

沈んでいる男をしり目に、ホーラスは歩いて男の横を素通りする。

威圧したのはほんの一瞬。もうやっていない。

だが、男は今も震えている。

ホーラスは最後に彼らの方に一度振り向くと……

「別に主義の善悪は知らんよ？　何が正しいとか悪いとか、好きに言えばいいさ。ただ、お前たちからは憧れが感じられない。目指したいものが見えない。冒険者ってのは、まずそこに土台を作るもんだ」

ホーラスの表情の気温がどんどん下がっていく。

「冒険者ってのは結局、『自分次第』だ。俺は、冒険者を名乗りながらも、その言葉との向き合い方が決まってないような奴が……」

冷めた目で、言った。

「死ぬほど嫌いだ」

……ホーラスはそれ以上、彼らのことを見ずに、ダンジョンの出入り口に向かって歩いていった。

第十七話　ロケラン王女とついていけない『全世風靡』

アルバロをトップとするギルド『パラサイト』が動き、宝都ラピスに外部の大型商会が流れ込んでいる。

勇者コミュニティとその師匠がいるということで話題性は抜群であり、何かあるだろうと寄ってくるものは多数。

しかし……勇者コミュニティは、絶望的にすることがない。

なんせ、そもそも彼女たちはホーラスが魔王を討伐するために助けたり鍛えたり保護したりした少女たちであり、もうすでに魔王を倒してしまったことで、することが何もない。

使命もない、役割もない。しかし旅を続けてきたスキルがある。

よって、彼女たちは飲食店を開くのだ。

……論理が飛んだ気がしなくもないが、これが事実である。

宝都ラピスの商店街に、『勇者印の海鮮食堂』という飲食店がスタートした。

竜石国は『キンセカイ大鉱脈』の影響で金属が優れた国として認知されているが、海産物がよく取れる海と、多額の予算で整備された港があり、かなり漁業も発達している。

歴史書を漁れば、黎明期……まだ『カオストン竜石国』という名前がついていなかった時代に、『鉄派』と『海派』に分かれて争ったという記録があるほどだ。

ちなみにそのころの国の名前は『普通国ドパンピア』であり、血迷ったというか血が通っているとは思えない独創性を発揮したものになっているが、その末裔がリュシアと考えるとどこか納得するものが多いことも事実である。

まあ、そんなことはどうでも……よくはないが話が進まないので地平線あたりに放置するとして、ラスター・レポートメンバーは、飲食店を開いたのである。

店名は先ほども述べたが『勇者印の海鮮食堂』であり、ネームのデカさのわりに大衆向けを感じさせるものだ。

「いらっしゃいませ～」

ラスター・レポートメンバーは全員が美少女であり、旅の中で倫理観が欠如した貴族と対面したり、腹に汚いものが詰まった商人たちを相手にしたりすることも多く、『営業スマイル』は完璧である。

加えて、使われる食材は産地から鮮度を保った状態で運ばれており、その質も高い。

そして安い。というより、そもそもの資産額がすごく、採算度外視の道楽勘定で問題ないというのが根底にある。

スマイルが崩れず、飯は出てくるのが速くてうまい。そして安い。

持ち帰りも可能であり、店内で注文しても五分程度で作成されるゆえに、行列もすぐに消える。

そんな店が繁盛しないはずはなく、客は多い。

ただし、厨房はかなり……狂っている。

「うわ、え、エビを五百匹って……」

「にぎり寿司に使うから、頭と殻を取って背の方を開かないと」

清潔な制服を着た美少女たちが厨房にいるわけだが、一人が持っている籠には、頭も殻もついているエビが大量に入っている。

もちろん、ここからの仕込みは面倒だ。

殺菌液につけて、そのあと水で洗い、頭を取って殻をむき、背の方を開く。背わたが残っていたらそれも取る。

確定で手もまな板も赤く染まり、まな板の方は全然取れないのだ。最悪である。

しかもそれを五百である。

「突っ込もうか。これ」

「そうだね」

というわけで、一辺が一メートルの立方体を見る。

両開きの入れ口が上に、出口が下についたものだ。

その上側を開くと、そのまま五百匹のエビを流し込む。

エビの後に、鉄製の大型バットを入れて、閉じる。

スイッチオン！

――ガガガガガガガビビビビビビビビゴオオオオオオオオオオ！　……ポーン♪

完了音が鳴って、下の面が開く。

するとそこには、五百匹のエビが、頭を殻と背わたが取れた状態で、バットに綺麗に並べられている。しかも明らかに職人レベルである。

「五百匹が十秒もいらないんだねこれ」

「ティアリスさんが発狂してたけどね」

まあ、見る人が見ればブチ切れる光景であることは間違いない。

食材を仕込むというのはなかなか面倒なもので、それを綺麗な形で仕上げるからこそ、飲食店は付加価値が発生するのだ。

別に作業が早く終わることに悪いことはない。

悪いことはないが、これはどうなのだろう。

「師匠、昔よりすごいゴーレムを作れるようになってるね」

この世界はモンスターを倒せば金貨を得られるので、強者は資産家でもある。

ホーラスのような戦える技術者は、基本的に自由な時間さえ確保できればあとは好き勝手に成長する。

高性能の魔道具をある程度買いこめば、森の中に引きこもることも難しくない。

ホーラスのような男が昔よりも優れた技術者になっていることは喜ばしいことだ。弟子として誇らしくもある。

ただ……。

「でも結構モヤモヤするよね。なんでだろう」

「当たり前でしょ。『これまでの苦労は一体何だったんだ』っていう愚痴。師匠といるとけっこうあるからね」

「凄く納得」

単に強いというだけではなく、ホーラスは広い範囲の技術を扱える。

魔道具を使って、家事をはじめとして様々なことをパパっと仕上げるので、それまで手作業で頑張っていると『畜生めえっ！』と叫びたくなるのだ。

「……ま、いっか」

いずれにせよ、使う側が文句を言うのは贅沢が過ぎる。

そんな、厨房ではどこかやってらんねぇ。という空気を醸し出している中。

「バクバクもぐもぐゴクゴク……ふぃーっ！　おいしいですね！」

「よく食べるわねぇ……」

リュシアとエーデリカが来ていた。

呆れた様子でつぶやくエーデリカの通り、リュシアはかなり食べる。

いろんな海産物が並んだ海鮮丼。魚介類の出汁をたっぷり使ったラーメン。独自に作られたお茶もおいしく、ガツガツバクバクゴクゴクと腹におさめていく。

ちなみに、竜石国民は八割がロリコンであり、リュシアのようなちっちゃい子が笑顔で美味しそうに食べている姿を見るだけで皆微笑ましい気持ちになる。

「……王女がこんなところで食事をするのか。すごい国民性だな」

「む？」

様子を見に来た。といった雰囲気でアイヴァンが店に入ってきた。

「フフッ、私はそういうところ好きよ」

「僕も嫌いじゃないね」

アイヴァンに続くのは、側近のレオナと、一人の青年。

青年は金髪を切りそろえており、格好は上下黒ジャージだ。

「ええと……たしかアイヴァンさんですね！」

「この町に来てる冒険者のことはリスト化してるけど、こんな大物が来るなんて……」

リュシアとエーデリカも、さすがにSSランクである『全世風靡』のことは知っている。

「『廃魂歌』アイヴァン。『序曲《プレリュード》』レオナ。『間奏《インタルード》』ラタータグ……『全世風靡』がトップスリーまでそろって行動するなんて聞いたことないけど」

「飯の時間くらいは好きにするさ」

「そうよね」

「あの手この手で奢ってもらうからね！」

「それでいいの⁉」

『全世風靡』のナンバースリー。『間奏《インタルード》』のラタータグ。

上下黒ジャージで飄々とした印象だが、どうやらボケ役のようだ。

「私、なんだかラタータグさんにはシンパシーを感じます！」

「なるほど。要するにギャグ要員ということだね！」

「これ以上増やすんじゃねえ！」

リュシアとラタータグが元気そうにしているが、エーデリカからすればたまったものではない。

そんな様子を見て、レオナがフフッとほほ笑んだ。

「まあまあ……相席いいかしら？」

「いいですよ！」

リュシアが笑顔でうなずいたので、レオナがアイヴァンを先に座らせて、自分はその隣に、ラタータグもその隣に座った。

「……なんというか。大変だな」

「そうですね！　毎日毎日確認しなきゃいけない資料が多くて大変ですよ！」

元気に反応するリュシア。

アイヴァンは『お前に言ったわけじゃない』というセリフが喉まで来たが、あえて黙った。藪をつついても仕方がないので。

「それにしても。本当によく食べるね。十四歳って言っても、いろいろ体格とか気にするもんじゃないの？」

「ラターグ。女の子に何を聞いてるの？」

「私は大丈夫ですよ！」

「話に乗るんかい！」

「私が食べた余分な栄養は全てエーデリカの胸に行きますからね！」

「どういう理屈⁉」

たくさん食べても問題ない理由としてあまりにも意味不明である。

「だって……」

「だって？」

「私とエーデリカは三年前からほとんど同じものを食べてるのに、私はＡＡでエーデリカはＧですよ！　おかしいですううううっ！」

何と声を掛けたらいいのだろう。

「あはははは！　あーっはっはっはっは！　ぐえっ」

リュシアの言い分を聞いて爆笑するラターグ。

レオナはそんなラターグの脇腹に裏拳を入れて黙らせた。

「アイヴァンさんもおかしいと思いませんか⁉」

「そのキラーパスを何で俺に投げるんだ？」

「ホーラスさんと一緒にいたんですから修羅場慣れしてると思ったからです！」

「ホーラスのことを何だと思ってるんだ？　あと、一緒にいたのは十年前だぞ。というか修羅場を作っている自覚はあるのか？　それはそれでどうかと思うが……」

どうあがいても捌けなさそうなリュシアのテンション。

ここまでくると、アイヴァンとしてはどうしようもない。

彼は修羅場慣れはしているが変態慣れはしていないのだ。だいぶ失礼だが。

「ま、とりあえず僕らも何か食べよっか」

「マグロをあぶったやつが今日は特に美味しいですよ！」

「へー、ならそれにしようか」

「私もたのみますよ！」

「……リュシア様。あの、自分で払うって言ってたけど、どれくらい持ってきてるの？　ここ、安いって言っても、そんなにバクバク食べてたら限度があるわよ？」

「えーと……」

リュシアが自分の鞄を探る。

……ガサガサ、ガサガサゴソゴソ……ガサガサガサガサゴソゴソゴソゴソ……。

「……財布忘れました！」

「そんな気はしてたよ！」

涙目のリュシアと楽しそうなラターグ。

「む？」

身長五十センチの鉄製ゴーレム。小型オーケストリオン。愛称『オーちゃん』がテーブルの下から上にジャンプ。

その手には可愛らしい花柄の財布が！

「おおっ！　オーちゃんが持ってたんですね！」

「朝、リュシア様が鞄をガサゴソやってたし、その時にどこかに置いたってことかしら？」

「一体どこにあったんですか？」

リュシアが聞くと、オーちゃんは紙ナプキンを取って、右手のギミックアームをペンに変更。サラサラと書いて見せた。

『ちょっと言えない』

「まあまあ、そんなこと言わずに、どこにあったのさ」

ラターグが聞くが、オーちゃんはまた書いて……。

『沽券にかかわる』

「本当に何処にあったの⁉」

鉄製ゴーレムから『沽券にかかわる』とは、なかなか強烈なメッセージである。

軽く聞いていたラタ－グもこれには仰天。

……ギャグ要員を自称する人間すらもツッコミ役にさせる天才。それがリュシア・カオストンという傑物である。

……大丈夫か。この国。

★★★

お腹いっぱい食べたらその次は何をするのか。

ダンジョンに行って運動だ。

……という、凄くシンプルな論理で、リュシア、エーデリカ、アイヴァン、レオナ、ラターグ、オーちゃんはキンセカイ大鉱脈に入っていた。

王女とその側近、ＳＳランクの上位三名と考えると、なかなか恐ろしい肩書である。

なお、『一緒にダンジョンで運動です！』といったリュシアに賛同する形で『全世風靡』の三名も来たわけだが、王族特権として、共に行動する冒険者は中で手に入れた金属を自分のものにできる。

特例というよりは大昔から存在する法律の一つであり、一緒に行くメリットが三人にあったので共に行動することになった。

冒険者協会は大きな組織であり、ＳＳランク冒険者というのは権威を持っていると言って過言ではないが、キンセカイ大鉱脈は世界会議の中で特権によりガチガチに固められているので、これを覆すことはできない。

言い換えると、もしも冒険者協会があの手この手でキンセカイ大鉱脈の特権を超えてしまった場合、『最悪レベルの前例』となるのだ。

世界会議に存在する高レベルの特権を覆す前例ということになるため、これまでも、あの手この手でその手の介入は防がれている。

それゆえに、アイヴァンであっても手に入れた金属を結構抜かれる。

今回、その法律に沿って手に入れた分は全て持ち帰り可能ということで、五人と一体で入ることになった。

「フンッ！」

アイヴァンが両手で持った剣を振ると、鉄のオオカミが両断される。

「ほっ」

レオナが掌底を入れると、鉄の熊の腹が抉れた。

「よいしょ」

ラタークが片手で剣を振ると、魔力が波となって放たれて、遠くで飛ぶ鉄の鳥が全て墜落する。

打ち所が悪かった個体はそのまま金貨を残して消えた。

「えいっ！」

エーデリカが杖を振ると、閃光が放たれ、カエルがくぐもった声を出して絶命。

『……』

オーちゃんは両腕のギミックアームをガトリングガンに変更。

眼前のすべてのモンスターをハチの巣にした。

「「強っ！」」

アイヴァンとレオナとラタークが驚いた。

「これがオーケストリオンの試作機。オーちゃんの実力ですよ！」

胸を張るリュシア。

「Aランクが来るような場所に到達しても余裕だな」

「ホーラスさんは、Bランク冒険者くらいならハチの巣にできると言ってましたね」

「相変わらずの技術力だな」

「こんなゴーレム見たことない。やっべぇな『土未来』」

アイヴァンは呆れ、ラタークの頬は引きつっている。

「それにしても、レオナさん凄いですね！　鉄の熊を素手で倒す人、初めて見ました！」

「身体強化を鍛えれば、これくらいはできるわよ」

「レオナは蹴りで鉄の壁をぶち抜けるからね」

「おおおっ、身体強化って凄いんですね！」

「基礎の基礎だが、だからこそ努力でどうにかなる……まあ、ホーラスが言っていたことだが」

「そんなこと言ってたの？」

「ああ、アイツ曰く『基礎は努力で決まり、応用は才能で決まる』だそうだ。発展形というのはどうしても個性が出るから才能差はあるが、基礎的な技術であれば努力量が物を言うらしい」

「でも、応用は才能で決まるって、なんか残酷のような……」

「続きがあってな。『実力は基礎と応用の掛け算で決まる』そうだ」

「へぇ……じゃあ、アイヴァンがギルメンに基礎を大切にしろって言いつけてるのは、それがもとになってるわけか」

「まあ、そうだな」

「むー。ちゃんと食べてちゃんと寝るだけでかなり違うってことですかね？」

「それであってると思うわよ」

「なら今以上に食べて寝たら胸も大きくなりますね！」

胸を張るリュシアだが、ラタークが冷静に突っ込んだ。

「太るだけだと思うよ？　胸は応用編だね」

「ガーン……」

「胸は応用編、なんてフレーズ初めて聞いたわ」

「僕も初めて言ったね」

「むうっ！　もうこの話はいいです！　……そういえば、ラタークさんが剣を振った後、鳥さんが落っこちてましたけど、アレはなんですか？」

「ん？　ああ……僕は『怠惰』という力そのものを魔法として扱ってるんだ」

「怠惰？」

「そうだよ。端的に言えば……『なんか面倒だなぁ』っていう感情そのものを扱える。だから、鳥たちは飛ぶのが面倒になって落ちていったのさ」

「でも、それで墜落って……普通なら死の恐怖でどうにか反応するものじゃないの？」

「それすら許さないほど、僕の魔法は強いってことさ」

ラタークは黒ジャージのズボンのポケットからビスケットの袋を取り出して食べている。

「ふう、ちょっと休憩」

「魔法を使った後、疲れるんですか？」

「まあそうだね……そういえば、エーデリカは凄いね。さっきの魔法。相手の内部を弄ったんでしょ？」

「そうね。錬金術の応用よ。金属で出来てるモンスターなら、どんなモンスターでも急所をつけるようなものだから、当てることができる範囲までは私は負けないわ」

「そりゃすごいや」

エーデリカは普段ツッコミ役として頑張っているが、肩書はリュシアの側近にして宮廷錬金術師。金属の扱いが主体となるこの国において錬金術は重要であり、伊達ではない。

「むっふふ～。うちのエーデリカは凄いでしょう！」

「そうだね」

「胸が！」

「そうだね！」

「やかましいわ！」

ノリノリのリュシアとラターグ。

だが、話の肴に使われるエーデリカとしては突っ込むしかない。

「……元気だな」

「そうね。ラターグは合う人とは本当に合うけど、リュシアもその一人かぁ」

アイヴァンとレオナは呆れつつも微笑ましく。と言ったところか。

五人を年齢順に並べれば、アイヴァンが一番上、レオナはその次であり、一応年長者である。

「それにしても、この辺りになるとモンスターは強いですね。私は最初から応援しかしていませんけど！」

「まあそれでいいのさ。適当にお兄ちゃん呼びしたりお姉ちゃん呼びしたりするだけで、応援として十分みたいなところがあるからね」

「おお……レオナお姉ちゃん！　がんばってください！」

「フフッ」

「ラターグお兄ちゃんも頑張ってください！」

「頑張るよー」

「エーデリカお姉ちゃんも頑張ってください！」

「なんかムズムズする……」

「アイヴァンおじさんも頑張ってください！」

「なんで俺だけおじさん呼びなんだよ……」

「むー……後でホーラスお兄ちゃんも応援しておきましょう！」

「……」

アイヴァンは苦虫を噛み潰したような顔になった。

まあ、彼が考えていることは、『俺とホーラス。同い年なんだけどなぁ！』といったところか。

どちらも二十七で、まあ議論によってはどちらもおっさんではあるが、ホーラスの外見年齢は十代後半である。

十四歳であるリュシアからすればお兄ちゃんだろう。

「あはははははは！　あーっはっはっはっは！　いでででででででっ！　タンマタンマ！」

関節を極められて悶絶するラターグ。

「俺を話の肴にするのは構わんが、あんまり調子に乗るなよ」

「そろそろ諦めろよ！　二十七でしょ！」

「……はぁ」

アイヴァンはラターグを開放すると、そのまま奥に進んでいった。

「……？」

よくわかっていないリュシア。

「うーん……いずれわかるでしょ。多分」

エーデリカとしてはそう言うしかない。

……しばらくすると、広々とした空間に出た。

「お、この手のエリアでは大型のモンスターが待ち構えてるもんだけどねぇ……」

「が、いるな。サイクロプスか」

そのエリアにいるのは、身長五メートルの単眼巨人。

ダンジョンの特性で、金属の体を持ち、その手には鉄の棍棒を持っている。

「強そうなモンスターですね！」

「まあ、この手の奴は、一度ひっくり返せばなかなか起き上がれない。下の方を削って転倒させればいい」

ラタークは剣を構えつつ分析している。

「むう！　それならこれです！」

リュシアは鞄に手を入れると、中からロケットランチャーを取り出した。

「「「「!?」」」」

四人とオーちゃんはびっくり仰天。

リュシアが引き金を引くと、そのまま砲弾が射出され、サイクロプスの顔面に着弾して爆発した。

「グオオオオオオオオオッ！」

叫び声を出すサイクロプス。

「おおっ！　よく効いてますね！」

「リュシア様。それ、何？」

「ロケットランチャーですよ！」

「何処から持ってきたの？」

「勇者屋敷の倉庫に置いてましたよ！　エリーさんに膝枕したら貰えました！」

「あのロリコンめぇ……」

エーデリカの頬が引きつるが、実際、威力は申し分ない。おそらく作ったのはホーラスだ。

「サイクロプス！　このロケランでぶっ倒してやります！」

何度も何度も引き金を引いて、砲弾がサイクロプスを爆撃する。

「おりゃおりゃおりゃおりゃおりゃあああっ！　……ん？　なんかつまみがありますね。『シングル』と『フルオート』？」

特に意味は分かっていないが、リュシアはメモリをシングルからフルオートに合わせた。

そして引き金を引く。

次の瞬間、大量の砲弾が出てきて、サイクロプスを爆撃する。

「うおおおおおっ！　フィーバーですうううううううっ！」

テンションがハイになったリュシア。

その数秒後、サイクロプスは討伐され、金貨とインゴットを残して消えていった。

「よっしゃー！　倒せたですうううっ！」

本当に喜んでいるリュシア。

ただ……その後ろで、アイヴァンたちは愚か、オーちゃんもびっくり仰天している。

……で、オーちゃんはお腹をおさえ始めた。

「あれ、オーちゃん。調子が悪くなるとお腹をおさえるってホーラスさんが言ってましたよね。大丈夫ですか？」

「多分、メインシステムで処理できないことがあったからだと思うわ」

エーデリカのツッコミの勢いが乏しい。

そして、『全世風靡』の三人は十割くらい本気で思った。

本当に大丈夫なのか。この国。

第十八話　三日天下の気配

「セデル連合が『アルバロ連合』に名称を変更……はどうでもいいとして、構成メンバーが随分調子に乗ってるな」

ホーラスは新聞を読みながらそうつぶやいた。

「高級感を演出し、それで宝都ラピスにいる商人たちを『酔わせて』、金属を手に入れるという方針を取ろうとしていたのはわかりましたが……」

「ティアリスとラーメルが『遺跡ダンジョン』で見た大昔のアイテムに手を出していますね。とても質が高く、食器や服がとても高級感を演出していますし、それが宮殿の方にも流れています」

エリーとランジェアとしても、現状に対し苦笑するしかない。

「高級路線で接待する作戦も、すぐに効かなくなるだろうな……で、問題は冒険者の方だな、アルバロの計画とちぐはぐな行動をとっている」

「はい。あちこちで金属の独占を否定する活動を行なっています。そして、キンセカイ大鉱脈内部でも、大人数で集まって『占拠する』という事態に発展していますね」

「まあ、この手の作戦はすぐに物資が尽きてガス欠になるのがいつものことですが……思ったより継続しています。これはおそらく、アルバロにとって最悪のはずです」

「……ん？　なんか、俺とエリーで認識にズレがあるような気がするけど」

何かを占拠したり、デモ活動をしたりといった行動は、基本的に金がかかるのだ。

特にダンジョンの中での占拠はものすごく金がかかる。

ダンジョンの中には『安全地帯』など存在しない。

ダンジョンの仕様なのか、自分から半径十メートル以内にモンスターが『生成される』ということはないのだが、まったく襲われないスポットのようなものは存在しない。

あるとしても、外部から『結界』の魔道具を持ち込む必要があり、当然のように消費魔力量が多いのだが、そもそもセデル連合は結成時に規模を大きくすることに専念していたため、『低ランク冒険者』がかなりの数だ。

言い換えれば、『メンバーは多くとも、そこまで魔力量が多いメンバーはいない』ため、結界の魔道具を使うとなれば、大量の金貨が必要になる。

物資を買い込むにしても金貨は必要になるが、この『結界の維持』は占拠において最も金貨を使う。

ここまではほぼ『前提』のようなものだが、そこから先の認識が、ホーラスとエリーで違う気配がある。

「俺は単に、アルバロの計画に基づくなら、そもそも今まで通りに冒険者が鉱石を取ってこなければ話が始まらない、なのになぜか好き勝手に鉱脈占拠とかしてるから目的が達せられない、っていう計画の行き詰まりが問題だと思ってたんだが、それ以上にまずいことでもあるのか？」

ホーラスがエリーに尋ねた。

横のランジェアはそもそもよくわかっていない。そんな彼女のぽかんとした顔を見ながら、エリーが口を開く。

「……今のアルバロ連合はSランクギルドである『パラサイト』が主要となっていますが、金貨の運用方法が普通とは違うのですよ」

「金貨の運用？」

「そうです。少し前提知識が必要ですね」

どう説明したものか。といった雰囲気だが、すぐに例を思いついたようだ。

「ランジェア。仮に、私がランジェアから金貨百枚を借りるとします。そうした場合、ランジェアは私に金貨を百枚渡すと同時に、『ランジェアはエリーに金貨を百枚貸した』という契約書が作られます」

「当然ですね」

「そしてその後で、ランジェアが師匠に金貨百枚の支払いをする必要が出てきて、しかも私に金貨百枚を貸したことで手持ちがない場合、どうすればいいと思いますか？」

「ダンジョンに行きます」

「……」

エリーの顔には『そういう話がしたいんじゃない』と書かれている。

「ランジェアが持っている『契約書』の貸出人を、師匠の名前に変える。これだけでいいのです」

「なるほど、金貨を後で受け取る相手が私から師匠になりますからね」

「この動きが可能ならば、言い換えれば、『金貨百枚を貸している』という契約書は、『金貨百枚と同価値』の動きをします」

「……なるほど」

「要するに、金貨百枚をどこかから手に入れたら、それをもとに、何もないところから金貨百枚のお金を作れるのと同じです」

エリーはここまで説明して、ランジェアの表情を見る。

理解しているのか、していないのか……若干微妙だが、続けることにした。

「……パラサイトというギルドは、お金を集めて債券を発行し、これで取引できる市場を関連する大型商会たちとの間で作り上げています。この市場では、少額決済に関しては銀貨などを使うでしょうが、高額決済に関しては債券の方を使うでしょう」

それぞれの商会は所持する金貨に加えて、債券を持っていることで運用できる『お金』の総量を増やせるということだ。

市場の通貨流通量を減らすことになるため、通常ならデフレーションを招くことになるが、そんなことはシステムを作ろうとした時点でわかりきっていることであり、アルバロとしても調整するためのシステムは存在するはず。

お金に対する高度な理解。これを基に、『パラサイト』は市場に流通する貨幣の量を『中心』としてコントロールしている。

これがアルバロをトップとする『パラサイト』の力の根源であり、それに絡みたいと思った大型の商会が集まっているわけだ。もっとも、これは『パラサイト』の、というよりアルバロへの信用を基に成立している関係だ。『パラサイト』が発行した債券を持っていた場合、債権者として支払いを要求すれば、ちゃんとお金が返ってくるという、信用。しかし、『パラサイト』が属する連合という組織は、当然、全くもって、残念ながら、一枚岩ではないわけで――

「ふむふむ」

「この金貨を着服したら、どうなると思います?」

「……どうなりますか?」

「まあ確定事項として、信用はなくなりますね。ご愁傷様です」

そこでホーラスが「なるほど」と手を叩く。

「鉱脈の占拠には莫大な資金が必要。そんなものどこから持ってきたのかと考えれば……」

「そういうことです」

エリーはそう言って、のんきに紅茶を飲んでいる。

「凄く疑問なんだが、なんでセデル連合はそんな冒険者を抱えてるんだ？」

「おそらく有益と判断した冒険者『以外』を多数抱えることは、アルバロの意図するところではないでしょうね」

「アルバロじゃなくて連合の商人たちの方が命令して抱えてるってわけか。何故？」

「数は力。頭数を揃えておきたいと考える人間は多いということです。それから……商人たちの中には、自分たちがクエストを出さなければ冒険者は動かない。言い換えると、『冒険者は原則的に指示待ち人間である』と考える人間が一定数います」

「そんなわけないだろ」

「もちろんです。ただ、そう考える人間が偶然にも一定数集まった。それが今のアルバロ連合です」

「……最悪だな」

「アルバロにとって、確かに最悪ですね」

そう言いつつも暢気に紅茶を飲むエリー。

おそらく彼女には、これから先の展開が見えているはずだ。

★★★

「連合のメンバーが金貨を使い込んでいると聞いたぞ！　いったいどうなっている！」

「メンバーが占拠しているせいで、連合と提携している我々の信用も失墜する一方だ！　竜石国の他の商会が我々から距離を取り始めている！」

「貴様が作ったシステムは確かにカネを使いやすくした。だが、クソどもを抱えたせいでこのざまだ！」

「大鉱脈の占拠だけではない！　最近は、我々から買った装備をよそに転売している奴もいるぞ！」

「大体、貴様らの言う高級路線など、大したものではないではないか！　結局勇者コミュニティがそれっぽいものを市場に流しているぞ！」

「確かに我々があの連合を利用するように言ったのは事実だが、お前は冒険者ギルドのトップだろう！　こうなることが予測できたはず！　なぜ反対しなかった！」

宝都ラピスの中でも一等地。

大型の高級感ある建物の会議室に呼び出されたアルバロは、『連合』と関係を持っている大型商会から次々と非難されていた。

もっとも、それは当然か。

ある意味で彼の部下である『連合』のメンバーが、『連合の金庫の中にあった金貨』を使い込んで、『結界魔道具』で大鉱脈の主要エリアを占拠し、連合と関係のある大型商会から買ったアイテムをよそに転売している。

これまでの『パラサイト』は基本的に、各々の立場を明確にさせ、『勢力圏』という形で連携することで力を持ち、そしてシステムの維持に力を入れていた。

だが、急激に増えた連合のメンバーの教育が進んでおらず、わかりやすく言えばすぐに転んだのである。

当然、そんなことをすれば、竜石国出身の『良識』ある商会たちは連合に不審な目を向ける。

その不審な目を向ける先は連合だけではなく、連合と提携している商人たちも同じだ。

取引は減少する一方である。

……そして、この竜石国で活動する最も大きな理由である『大鉱脈から得られる希少金属の確保』に関しては、アルバロは『土地の商人を接待して手に入れる』としたが、勇者コミュニティに完全にぼろ負けした。

インテリア、ファッション、化粧品。

高級感の演出や接待の質を高めるありとあらゆる技術。

当然、金を管理するだけの連合ではそんなものを持ち合わせていないため、提携している大型商会から用意したが、こちらも太刀打ちできないのである。

特に化粧品はわかりやすい。

接待で一番わかりやすいのは、バカな男を外見の優れた女性で落とすことだが、『文明レベルで差がある』ゆえに、一度勇者コミュニティがそういったものを売り出すと、どうしようもない。

勇者コミュニティから買った化粧品のほうが性能が高く、実際にキレイになれるのだから、当然そちらから購入するに決まっている。

あと、勇者コミュニティメンバーは化粧品を使っていないのだが、素で抜群の容姿とスタイルと『肌の質』があるため、客側からすると『これを使えば勇者たちみたいに綺麗になれるのでは？』と思いやすいのだ。

まあ、連合としては要するに……完全敗北《フルボッコ》である。

「管理責任をまっとうできないのなら、まず我々が持つ債券を全て現金に替えた後、連合を去ってもらうぞ！　我々が用意した『信用に値する人間』を座らせる。貴様の居場所があると思うなよ！」

怒鳴り散らす大型商会の商人たち。

アルバロに、ここですべてをひっくり返すような大逆転のカードはない。

ちなみに、この場における論点として、商人たちも、『債券でカネの流通を増やす』というシステムそのものは優れたシステムだと考えている。

というより、システムの都合上、債券のほうは超低金利で返済期限が恐ろしく『後』に設定されているが、ここまでくると『銀行預金』とあまり変わらないのだ。

ただ、彼らとしても管理しているアルバロの実力は認めつつも、『一人でカネの動きを牛耳っている感』がある彼に対して嫉妬や劣等感があるだろうし、もともと追い出したいとは考えていた。

そして、『セデル連合』の発足時にアルバロが介入したことは、彼本人の本心ではなく、商人たちが指示したことなのだろう。

セデルやパストルがいなくなった後も連合を利用するという方針を示したのは商人たちだ。

もちろん、彼らなりに上手くいく未来はあったのだろうが、あまりにも冒険者たちが『役割を理解していない』ゆえに、このようなことになっている。

ただし、『アルバロがギルドのトップとして長い間冒険者を見てきたはずで、その経験があれば冒険者を抱えることが本当に正しいかどうかがわかるはずだ』という理屈を組み立てて、彼を責めている。

（……失態は事実。だが、コイツらも十分ゴミだ）

アルバロは内心で悪態をつく。

間違えてはいけないのは、Sランクギルド『パラサイト』のメンバーではなく、『商人たちが抱えることを指示した連合のメンバー』が、今回の『ヤバい事』を引き起こしていること。

管理責任がアルバロにあるのは事実だが、彼が完全に悪いという訳ではない。

むしろ、勇者とその師匠の存在を加味して、『接待で落とす』という、まあまあ正攻法と言える方針を出したのは、危機感がある証拠だ。

そこで負けたのなら、その責任を問われたのならば、アルバロも頭を素直に下げるしかない。

アルバロとしても、勇者コミュニティが『原価率一パーセントの高級化粧品』を売り出した時は、肝が冷えた。

あまりにも『共同幻想』という視点でのマーケティングが上手すぎる。

もっとも、よく考えてみれば『悪魔』とすら称される商人《エリー》がいるのだから、当然といえば当然の結末だ。

だが、冒険者たちの暴走を招くきっかけ。

そう、『連合という形で冒険者を抱える』という方針を打ち出したのは、大型商会の商人たちの方だ。

そもそもアルバロが上手くまとめて連合を維持しなければ勝手に分解してなくなっていたはずで、その先で彼らがどのような問題を起こそうとアルバロには関係ない。

……もちろん、商人たちもそれは理解している。

その上で、『アルバロが悪い』と非難するのだ。

よくある話である。

「現金にできないのなら、貴様にはダンジョンにでも潜って永遠に返済してもらおうか！　いいか？　これは債券なのだ！　貴様の借金なのだ！　それは貴様がよくわかってるはずだ。返済を要求するのは我々の正当な権利なのだからな！」

償還日そのものは遠い未来だが、ではそこまで債権者が返済に関して一切の要求ができないのかとなると、そんな馬鹿な話はない。

「……」

「黙っていれば何とかなると思っているのか！　金を貸しているのは我々なのだ。これは歴《れっき》とした事実だ。兵隊を呼んで貴様をダンジョンに連れ込んで――」

そこまで言ったときだった。

「ふっふっふ。アルバロ君。困ってるみたいだねー」

会議室の出入り口に、ひょこっとソラが顔を出した。

「……いったい何の用です？」

「この会議室で現金を求められてるんだろうなって思ってね！」

この状況でも呑気なソラ。

「おい！　貴様は連合幹部のソラだな。貴様らが管理責任を……」

「ちょっとストップ」

ソラは手を上げて彼らを制止すると、部屋の外から荷車を中に入れる。

布で全てを覆っているので、中身はわからない。

「いったい何を持ってきた？　まさかその中身が全て金貨だとでも？」

商人たちは鼻で笑っている。

「オープン」

ソラは布をバサッとのけると……そこには、本当に、大量の金貨があった。

しかも、荷車の側面はガラスでできているため、その『金貨の量』が目に見えてわかりやすい。

「……なっ、こ、この量の金貨が、いったいどこに……」

「まあ、金貨っていうのはね。引っ張ってこれる奴は引っ張ってこれるんだよ。とりあえず、今回の事態で発生した『金銭的な被害』はこれで十分補填できるね」

ニヤニヤと楽しそうなソラ。

「ねえアルバロ君。彼ら言ってたよね。管理責任がまっとうできないなら、債券を現金にした後、アルバロ君には出ていってもらうって……本当に出ていっていいんじゃない？」

「……私は、本家の奴らとは違う。ここで落ちぶれたりは……」

「ああ、アルバロ君って確か、レクオテニデス公爵家の分家の次男だったね。ただ……君みたいな、『金の理論に強い人間』を、今の『バルゼイル国王』は評価するんじゃないかな？」

「……」

「貴族は現金でしかやり取りしないから、行きたくないって？　まあ、そう言わずに行ってみればいいさ。ククク……」

微笑むソラ。

「……良いでしょう。ギルドとしての私は、もう終わりとします」

「なっ！　おい、このまま出ていく気か！　まだ、部下を管理できなかった失態の清算ができて……」

「そんなもん追い出せばいいじゃん。こういうのも貰ってきたし」

ソラが取り出した書類。

それを読んだ商人たちは愕然とする。

そこに記載されていたのは……『今回の冒険者たちの暴走は、パラサイトというギルド、およびアルバロの指示ではなく、彼らのルールに従わなかった独断によるものである』ということを、『協会支部』が保証するというもの。

「これで、アルバロ君に彼らの暴走を取る責任はない。まあ形だけの謝罪文くらいは書いた方がいいけどね。アハハハハッ！　じゃあ、あとは君たちで頑張ってね。この金貨はここに置いていくからさ」

そう言って、ソラはアルバロの腕を引っ張って部屋を出る。

そのまま建物を出……ずに、屋上に向かった。

「というわけで、まあ、お疲れさまって言っておくよ」

「……ここなら傍受される心配はないということですね。ソラ様」

「そういうこと。追加で金貨を渡すよ。それをもって王国に帰りな」

「……わかりました」

どのような取引が昔にあったのかはともかく、そんな会話をする二人。

ただ、その過去は……。

「！」

突如、宝都の辺境で発生した『爆発音』によって、過去への意識は、完全に頭から吹っ飛んだ。

「……」

先ほどまでへらへらしていたソラはそれを見て訝しげな視線になる。

「あれは……」

「まあまあ、いいからいいから、アルバロ君はさっさと帰りなさい」

再びいつもの態度に戻るソラ。

ちなみにその内心は……。

（シドがそろそろ動くか。さーて、どうすっかねぇ）

とまぁ、そんなことを考えていた。

第十九話　ランジェア対パストル……霊宝竜ゼツ・ハルコン

宝都ラピスの辺境で発生した大爆発。

それは、直径百メートルをまとめて吹き飛ばすかのような、そんな威力を誇っていた。

辺境とはいえ、人がいなかったわけではない。

そこにいた人たちは、全員が死亡か、もしくは重傷となっている。

死体を見れば、一撃で絶命に至ったのか、その損壊が激しい者も多い。

「ははは っ、すごい。凄いぞ。この力があれば、すべてを支配できる！」

爆発跡中心点に立つのは、パストルだ。

スーツ姿であることは以前と変わりはない。

ただし、本人の雰囲気は、以前とはまるで別物。

いや、彼が『管理者であること』に執着しているのは以前からであり、その『管理』の最高峰である『支配』を唱えている以上、内面は変わっていないのだろう。

しかし、そこに付随された『力』が、彼をゆがんだものに変えた。

彼の右手には青色の金属球が存在し、今も青色の魔力を放出して光っている。

「圧倒的な力。絶対的な力。これこそが、支配者に必要な物だ。今までの俺は間違えていた。管理するということは、従わせるということ。そこで、『権力』などという、人と人の関係が作るものを盾にしたところで何の意味もない。相手を問答無用で黙らせる暴力。これこそが、支配者の力！」

「……滑稽なものですね」

「ん？」

パストルは声をかけてきた方を見る。

そこには、ランジェア、ティアリス、エリー、ラーメルの四人がいた。

「ほう、この町にいた幹部が勢ぞろいか。お前たちの師匠はどうした？」

「師匠は日課でダンジョンの中よ。というより、あなたがこのタイミングで暴れている理由も、貴方に力を与えた人間が、師匠がダンジョンにいる瞬間を狙ったからに決まってるわ」

「ふざけるな！　俺は絶対的な力を手に入れたんだ！　俺は支配する側で、お前たちは支配される側だ！　今の俺なら、あの男を殺すことすら容易い！」

「……はぁ」

ランジェアはため息をついた。

「貴方程度が師匠に？　寝言は寝て言ってください」

「俺をバカにするな！　俺の絶対的な力を見せてやる！」

パストルが右手の金属球を掲げる。

……次の瞬間、狙撃銃を構えていたエリーが発砲し、その弾丸が金属球に直撃したが、傷一つついていない。

「……随分頑丈ですね。というより、それが壊れなくとも、腕を吹き飛ばす威力のはずですが」

「物騒な……まあいい……俺の力を見よ！」

パストルが掲げると、金属球が粒子になって、彼の腕に入っていく。

「フフフッ、フハハハハハッ！」

すべての粒子が彼の中に入ると、体の内側から青い魔力があふれ、パストルの体を包み込む。

包み込んだ後、どんどん大きくなり……やがてその魔力が霧散し、姿を現したのは、全長十メートルの竜だ。

先ほどの青い球の影響か、鱗は青く輝いており、全体的にがっしりとした印象を与えるフォルムをしている。

「すごい、すごいぞ！　これが、これが俺の力！　千年前の超巨大国家を滅ぼした、『霊宝竜ゼツ・ハルコン』の力だ！」

パストルは口に魔力を集めると、それを一気に放出。

ランジェアたちに向かうが……ランジェアが『竜銀剣テル・アガータ』を一度振ると、それだけでブレスが霧散する。

「……なるほど、この剣の手入れをしっかりしておけと言っていた理由がよくわかります」

「それだけ強いということね」

「どうすんだ？」

「私一人で十分です。三人は、被害が広がらないよう、避難誘導を」

「わかった。ヘマしないようにね」

「この程度の相手にそんなことはしません」

次の瞬間、三人はランジェアを残して後ろに走っていった。

「ほう？　俺にたった一人で挑むつもりか」

「霊宝竜ゼツ・ハルコン……おそらく『霊天竜ガイ・ギガント』と同格でしょうか。ただ、力を得たばかりで使い方がわかっていないあなたなら、私一人で十分です」

ランジェアは剣を構えなおす。

「ククク、面白い。もっと面白くしたいなぁ。そこらへんでまだ生きている奴を人質に……ん？」

パストルが周囲を見渡す。

すでに、この辺りに、死体も重傷者もいない。

いや、彼の視界の端で、スーツやメイド服を着た少女たちが、運んでいるのが見える。

「……既に片付けていたか」

「我々は最前線にいましたから。死体や重傷者くらい触り慣れています」

「フンッ！　英雄というのもなかなか、底辺な生き方だ！」

パストルは口に再びエネルギーをためる。

そしてすぐに、それを放った。

「無駄です」

ブレスをかき消して、次の瞬間迫っていた尻尾を剣で弾く。

そのまま、ランジェアは突撃した。

「矮小な人間の分際で、愚かな！」

足を上げて、ランジェアを踏みつける。

だが、ランジェアは踏み付けの間合いに入る前に跳躍すると、そのまま胸のあたりまで飛び上がって、剣を振り上げた。

本来なら届かないが、魔力を刃にまとわせて延長し、胸を切り裂く。

「ぐっ、おおおっ！」

「体の動かし方が全然わかっていませんね」

剣を延長させたまま、空中を蹴って、次々と斬撃を叩き込む。

パストルは回避できておらず、次々と傷が胸に増えていく。

「ちっ、調子に乗るな！」

腕を振り上げて拳を繰り出すが……

「『儀典《ぎてん》氷竜刃《ひょうりゅうじん》・謳歌《おうか》』」

ランジェアの体から水色の魔力があふれ、剣を振ると、その拳を弾き……いや、吹き飛ばした。

「ぐおおおっ！　な、なんだ⁉」

「勇者ですから、『技』くらいあります」

「チッ、舐めるな！」

片手でダメなら両手で。

パストルは一瞬で拳を再生させると、両手の拳をランジェアに繰り出し……。

「『儀典氷竜刃・月下嵐乱《げっからんらん》』」

引き絞るように構えて、水色の魔力を纏った突きを放つ。

拳に衝突……する前に、魔力が解き放たれ、両腕を吹き飛ばした。

「ぐあああっ！」

叫ぶパストルだが、その間に腕は再生している。

「随分回復力が高い」

「い、いったいそれは何だ！　こ、これほどの威力の技など。聞いたことが……」

「私が使う技は『儀典氷竜刃』……師匠から教わった『氷竜刃』という戦い方は、氷属性に対して高い適性を持つ私が、全方位の斬撃の反復練習で体に叩き込ませ、攻撃する際に『名前』を付けることで高い攻撃力を発揮する、というもの」

「ぐっ……」

「この剣はとあるダンジョンのラスボスである『ヤマタノオロチ』を討伐したことで手に入れたインゴットから作成されたもの。その力を織り交ぜ、『儀式化』させることでさらに威力を上げています。まあ、儀式に関しては説明が長くなるので端折りますが」

「全ての斬撃に対して名前を付けて、圧倒的な攻撃力を発揮するという理屈か。そんなこと、聞いたことがない！」

「普通は聞かないでしょうね」

ホーラスが何度も言っていることだが、『魔力は安定を求めている』のだ。

そして、そのホーラスが編み出した戦闘術で『名前を付ける』という手段をとるということは、『魔力の安定化』に関しては、『名前を付けることが重要』ということになる。

魔力の性質を理解しないとたどり着けない理論であり、単なる本部役員であったパストルは知るはずもない。

「さて……あまり時間もかけられませんね」

空中に立ったまま、パストルを見下ろすランジェア。

「クソっ！　俺は支配する側だ！　お前ら冒険者は、俺に支配される側だ！　俺に逆らうなあああああっ！」

パストルは吠える。

「竜となり、翼を得たことで、見下ろされるのが前よりも嫌になりましたか？　まだ飛べもしない、得たばかりの翼に、何を期待しているのか……」

ランジェアは剣を構える。

「ここがあなたにとっての修羅場です。くぐれるものならくぐってみなさい」

「俺は支配する側だ！　俺に従ええええええええっ！」

人と竜は、衝突する。

★★★

宝都ラピスで始まった、ランジェアと、霊宝竜ゼツ・ハルコンへと変貌したパストルの戦い。

ただ、それは本当に戦いと呼べるものではない。

「『儀典氷竜刃・極寒顎《ごっかんあぎと》』」

上下から同時に襲い掛かる斬撃。

まるで竜の噛みつきを現したかのような斬撃が、パストルの口から放たれたブレスを食い破る。

「クソっ、どうなっている！　俺は、最強の力を手に入れたはずだ！」

パストルの尻尾が青い魔力を纏う。

そのまま、尖った先端がまっすぐにランジェアに放たれた。

「ほう、コントロールは良くなっていますね」

ランジェアも剣で突きを放ち、尻尾の先端に直撃。

尻尾は粉々に粉砕され……即座に再生した。

「何故だ。何故だ！」

「単純に経験不足です。ええ、その体はとても強いですよ？　まあ、それがあったとしても世界を支配できるとは言いませんが、確かに強い。しかし、あなたは弱い」

ランジェアは淡々と言っているが、その瞳は時々、淡く光っている。

威圧ではない何かの魔法を行使しているようだが、目で行使しているとなると、鑑定魔法になるのだろう。

何か狙っている様子。

「……ぐっ、クソ……っ！」

パストルは悪態をついていたが、突如、胸がドクンッ！　と震える。

ブワッと青い魔力が全身から放たれる。

全身の青い鱗がキラキラと輝きはじめた。

「……フフッ、フハハハハハハッ！」

高笑いして、パストルは掌底を繰り出す。

今までとは比べ物にならないレベルの速さと精密性を誇るそれ。

「期待外れです」

しかし、ランジェアは左手で鉄拳を繰り出す。

掌底と鉄拳が衝突し……バギバギッ！　という嫌な音がパストルの腕の中から響いた。

「ぐあああっ！　ほ、骨が……」

「しかし、もう再生している。随分面白い性能ですね。それだけ安定性が高ければ、倒した時に出てくるインゴットも、師匠にとって有益になるでしょう」

「！」

パストルはランジェアの言葉を頭の中で何度も転がした。

「ここからは攻撃をうまく入れて、貴方の魔力を調整しましょう。倒した時に、性能が高いインゴットが出てくるように」

ランジェアは突撃して、胸に斬撃を叩き込んだ。

「ぐっ、くそ、死ねぇぇぇぇっ！」

ブレスを放つ。

だが、ランジェアは左手でパチンと指を鳴らし……自分に迫るブレスを吸い込んだ。

「っ⁉」

ブレスを放つパストルも驚愕するレベル。

いったいどれほどの吸引力なのか、ブレスを全て飲み干すと、ゴクッと喉を鳴らして首を横に振った。

「思ったより『中』はよさそうですね。まだ一発なのになかなか通りやすい」

「な、なんなんだ、お前は……」

「何と言われても……」

ランジェアは冷めた目でパストルを見下ろして、言った。

「世界を救った勇者です……さて、そろそろいいでしょう」

ランジェアは剣を上に掲げる。

そんな彼女の後ろに、八つの門が出現した。

そして、その門が全て粉々に砕けて、中から莫大な冷気が放出される。

突如流れ込んできた冷気は、ランジェアの剣に集まり、その刀身を魔力の刃で延長させていく。

「これくらいの衝撃を加えれば、仕上げも十分でしょう」

「い、いったい、何を……」

震えているパストルに対し、ランジェアは告げる。

「『儀典氷竜刃』」

冷気の魔力の輝きが増した。

「『絶技・八王天命《やおうてんめい》』」

ランジェアはそれを、一気に振り下ろす。

その一刀は、パストルの竜の体をやすやすと切り裂く。

……本来なら再生するはずだが、傷が一切治らない。

「がっ、ごおおっ、ああああああっ！」

パストルは叫び……そのまま、ゆっくりと地面に倒れた。

それを感じ取ったようで、避難誘導を終えたティアリス、エリー、ラーメルの三人が集まってきた。

全員が身体強化しているので、数秒もしないうちにランジェアの傍に立つ。

「おっ、ランジェア。倒したのか？」

「いえ、状態が変化する様子がない……まだ、立ち上がりますよ」

パストルが倒れた音を聞いて目を向けたラーメルが表情を変えたが、その横にいるエリーの表情は厳しいものだ。

「そうね。ここからが、最終ラウンドよ」

ティアリスがそう言った瞬間、パストルの体から莫大な魔力があふれ、柱のようになって天に上る。

空に向かって消えていったそれは、次の瞬間にパストルに向かって落ちてきた。

「ぐおっ、おおおおおおおっ！」

傷が修復され、体をゆっくりと上げて、先ほどよりも、その威光を示すパストル。

その眼は赤く染まり、本人の意思が感じられない。

「……今だけは、パストルと呼びません。霊宝竜ゼツ・ハルコンと呼びましょう」

剣を構えるランジェア。

次の瞬間、ゼツ・ハルコンの掌底が迫っていた。

剣を振り上げるランジェアだが、その刃が通らない。

「……」

空中に立つランジェアが、全力で押し込もうとするゼツ・ハルコンと競り合う。

もっとも、これまでとは全く違う雰囲気を発するゼツ・ハルコンに対しても、ランジェアの表情は変わらない。

「ランジェア。手を貸した方がいいか！」

遠くからラーメルが叫ぶ。

「いいえ、その必要はありません」

剣を振り切って、掌底をはじき返す。

「あ・れ・も来てますし」

「バオオオオオオオオオオオオオオオッ！」

ランジェアが指さした先、そこには口を大きく開け、天を仰ぎ、咆哮するゼツ・ハルコン……の背後に、巨大な鉄のゴーレム……オーケストリオンが気配を消して迫っていた。

天を見上げて咆哮するゼツ・ハルコンの頭。

そこに、左右からパンチを叩き込んでサンドイッチにする！

「ギイヤアアアアアアアアアアアアアアアアアアアアアアッ！」

咆哮ではなく悲鳴が響き渡った。

「……アレは痛いですね」

強烈に苦い顔をしたエリーだが、同情はしなかった。

……同情するという選択肢が出てくるほど、ゼツ・ハルコンが可哀そうになったということでもあるが。

「キシャアアアアアアッ！」

ゼツ・ハルコンは手から離れて振り返りながら、掌底を繰り出す。

だが、鉄の人形……以前はガトリング砲だったギミックアームを『拳』に変えた弾幕鉄人《オーケストリオン》は、その掌底を左手で防ぎ、右手で強烈なアッパーを繰り出した。

「ブゴオオオオッ！」

そのまま全長十メートルの巨体が高く浮き上がり……オーケストリオンは、そんなゼツ・ハルコンの尻尾をガシッと掴むと、そのままブオンッ！　と音がするほど振って、宝都ラピスの外までぶん投げる。

遠くの方で墜落する音が響き、衝撃が伝わってきた。

オーケストリオンは地面から少し浮いた状態で、高速でその場からゼツ・ハルコンに向かって突撃していく。

「な……なんじゃこりゃ！」

ラスター・レポート工房長としてあまりにもあんまりな光景に、ラーメルが叫んだ。

「あれは師匠が作った巨大ゴーレム。名前は弾幕鉄人《オーケストリオン》です」

「背中のミサイルポッドと肩のグレネードランチャー……え、ああ見えて射撃特化なのか？」

「聞いた話では、以前はあの両手はガトリング砲だったはずよ」

「てことは固定砲台目的だったのか？」

「そうだと思う」

「じゃあなんで、あんな俊敏に動いてるんだ？」

「その方が便利。とのことで」

「納得できねえ！」

ラーメルは工房長。

ゴーレムマスターであるホーラスからいろいろ仕込まれているはずだが、何かすごく納得できない光景を目にしている気がするのか、絶叫している。

「ちなみに、あのゴーレムは一五〇トンくらいあるんだけど、最初はキャタピラで移動するはずが、造るのが面倒になってホバー移動になったらしいわ」

「……エーデリカ連れてきてくれ。オレには無理だ。突っ込みきれねえ」

ラーメルがそうつぶやいた時だった。

彼女たちの近くの地面に魔法陣が出現し、中から、エーデリカと、オーちゃんを抱いたリュシアが出現したのである。

「本当に来ちゃった！」

「え、ここどこですか⁉」

「さっきまでドラゴンが大暴れしてた場所よ」

「そのドラゴンは何処に行ったの？」

「オーケストリオンがアッパーで打ち上げて尻尾を掴んで宝都の外までぶん投げたのよ」

「ワンモア」

「オーケストリオンがアッパーで打ち上げて尻尾を掴んで宝都の外までぶん投げたのよ」

「リピート」

「オーケストリオンがアッパーで打ち上げて尻尾を掴んで宝都の外までぶん投げたのよ」

「どうしてそんなことに……」

「とりあえず追いましょう」

頭を抱えているエーデリカだが、あまりドラゴンを放置することも出来ない。ランジェアの提案に頷いて、全員が宝都の壁まで移動し、そのまま外を見る。

それを見たラーメルは驚愕した。

「あ、あれって、『全世風靡』のアイヴァン⁉　なんで……」

オーケストリオンとゼツ・ハルコンの戦い。

人間視点ではとんでもないスケールの中で、オーケストリオンの傍にアイヴァンが立っている。

「というより、アイヴァンの傍にぶん投げたと言った方が正しい気がするけど」

「鬼畜か？」

ラーメルがげんなりしているが、そう言っている間にも、アイヴァンが剣を振って斬撃の形をした魔力を飛ばすと、ゼツ・ハルコンの胸を切り裂いている。

「アイヴァンって強いんだな」

「SSランクギルドマスターにして、昔の師匠の相棒よ。弱いわけがないわ」

「人間って……ドラゴンと戦えるんですね！　というか、アレがオーケストリオン！　でっかいです！　オーちゃんも成長したらあんな感じになるんですか？」

リュシアはオーちゃんを見たが、オーちゃんは首を横に振った。

というか、できるわけがない。

「はぁ……まあ、見てる限りでは、オーケストリオンのパンチも相当なものね」

掌底や尻尾。ブレス攻撃を全て正面から耐えきって、強烈なパンチを何回も叩き込んでいる。

ただし、さきほどまで発揮されていたゼツ・ハルコンの再生能力も強化されているようで、どこか千日手のような印象がある。

基本的に攻撃というのは、自分の頑丈な部分で敵の脆い部分をつくことだ。

おそらく、拳に使われている素材は特に頑丈なものが使われており、それによって打撃が攻撃として成立しているのだろう。

しかし、敵の回復能力が強すぎて、まだ有効打とは言えない。

「効果はあるけどすぐに再生してるな。どうにかしねえと」

「アイヴァンのサポートでもしますか？　どうやら彼の攻撃は、再生能力を削っているようにも見えますが」

「そうか？」

「ええ、オーケストリオンが顔面を殴って首が変な方向を向いた後、元に戻るまでの時間が開いています」

「解説に悪意を感じるわね」

「事実です」

ランジェアはそう言うと、壁から降りて、空中を蹴りつつ突撃する。

「あ、待てって！」

ラーメルたちも空中を蹴って後を追う。

エーデリカも空中ジャンプを披露し、オーちゃんはリュシアを後ろから持ち上げて移動開始。

そのまま、揃ってアイヴァンの隣に来た。

「……ようやく来たか。壁の上で騒がしかったからいつ来るのかと思ったぞ」

「余裕がありそうだったので」

「そうか……師匠に似たな。まったく」

今のランジェアたちを見て思うところはあるようだが、今もオーケストリオンは格闘中だ。

「さて、このまま持久戦をする意味もありませんね」

「ほう、何か手段があるのか？」

「ええ……私たちも、再生能力を崩す攻撃をしましょう。ティアリス、エリー、ラーメル。三人は攻撃の波長をアイヴァンに合わせてください」

「ん？　じゃあ、ランジェアは？」

「師匠のために『調整』します」

竜銀剣テル・アガータを構えなおして、一気に跳躍。

そのまま、ゼツ・ハルコンの前に飛び出した。

そんな彼女の周囲には、八つの門。

扉が砕け散り、莫大な冷気が放出される。

全ての冷気は、ランジェアが持つ剣の鍔に集約され……八匹の白い蛇が、その姿を見せる。

「『儀典氷竜刃・超絶技《ちょうぜつぎ》・八岐大蛇八裂晩餐《やまたのおろちやつざきのばんさん》』」

剣を真横に一閃。

それと同時に、鍔から延びる八本の蛇がうねるようにゼツ・ハルコンに迫り、何かに食らいついて抉っていく。

だが……そもそも、傷がついたように見えない。

「む？　傷がついているようには見えませんね」

「アレは何をしている？」

「ランジェアのいくつかある『超絶技』の一つで、『任意の魔力を食える技』です」

「任意の魔力？　……ああ、確か、調節すると、ドロップアイテムの確率操作ができるんだったか。それを狙っているわけか」

「ホーラスしかできないと思ってたけど、ランジェアもできるのね……いや、相当な手札を切ったらできる。と言い換えたほうがいいのかしら？」

「大体その通りです。まあ、アレは師匠のためですし、私たちは私たちができることをしましょう」

次の瞬間、ティアリスの両手には拳銃が握られており、いっそ恐ろしいと言える速度で魔力弾丸が放たれる。

エリーの手には大型の狙撃銃が出現し、発砲。連射速度ではティアリスに大きく劣るが、一発がもたらす効果がとても大きいものになっているようだ。

「おりゃあああああっ！」

ラーメルは戦闘用のハンマーを構えて、空中を蹴って突撃し、ゼツ・ハルコンの鱗に叩き込んでいる。

しっかりと鱗にヒビを入れているが、再生はされる。

しかし、それは問題ない。

「……恐ろしい女がそろったものだ」

「そうですね！」

「……」

ロケラン王女は恐ろしいの範疇には入らないのだろうか。

アイヴァンは疑問に思ったが、タイミングよく飛ぶ斬撃で攻撃していく。

そんな中、やはりトップクラスでヤバいのは、オーケストリオンのパンチだ。

とにかく頑丈な素材で作られた拳で、高速で放たれる攻撃は、シンプルだが強力。

「さてと、私たちはどうするか……ん？」

オーケストリオンがリュシアたちの方を見る。

その眼から光が放たれて、オーちゃんに直撃。

すると、リュシア、エーデリカ、オーちゃんの三人を魔法陣が包んで、消えていった。

「……エーデリカ。お前がそっちに行ったら誰がツッコミを入れるんだ。まったく……」

アイヴァンはため息をついた。

そして消えていった三名だが……。

「え、な、なんですかここ！」

三人がいるのは、様々なレバーがついた操作盤とそれに向く椅子だ。

「操縦席ってことかしら。正面にあのドラゴンが映ってるし、多分、ここはオーケストリオンの頭部なのよ」

「おおおおっ！」

感激したリュシアが操縦席に飛び乗ると、近くのレバーを前に倒した。

すると、オークストリオンが右手で全力パンチ！

先ほどよりも強いパンチが入って、再生能力が先ほどよりも機能していない。

「おおっ！　なんだか効いてますね！」

「あー。これ多分、操作の部分をフルオートが半分マニュアルにして、その分のリソースを付与魔法に使ってるわね」

「むー？　とりあえず私は動かしますよ！　おりゃ！　おりゃ！」

元気そうにレバーを適当に操作して、次々とパンチを繰り出していく。

「さてと、私は調節しないと。なんかリュシア様が使うことが前提になってないわね」

エーデリカは近くのパネルに両手を当てる。

「ホーラスの部屋にあった物を考えると……こう！」

魔法を起動。

その次のオークストリオンの一発は、これまでで一番効いている。

「おっ！　もっとダメージが入りました！　えいっ！　えいっ！」

元気に操作レバーを動かすリュシア。

それに合わせてオークストリオンはパンチを繰り出して、効果的にダメージを与えていく。

……それを見て、外で戦っているメンバーに思う部分はあるようで。

「それにしても、ホーラスの奴。こんな化け物を一体いつ作ったんだか」

アイヴァンはつぶやいた。

するとオーケストリオンがアイヴァンの方を向いて、目から光が出てきた。

それはアイヴァンの傍で立体映像になり、『宝都ラピスに来てすぐくらいに』と表示された。

「意思疎通できるのかよ！」

アイヴァンもツッコんだ。

「……ふむ、そろそろですね」

ランジェアはポケットから通信魔道具を取り出す。

「確か、コックピット内部との通信番号はこれですね。リュシア様。聞こえますか？　そろそろとどめをお願いします」

「わかりました！」

ランジェアの言葉に、通信魔道具から元気な声が聞こえた。

リュシアは傍にあった『必殺パンチ』と書かれた赤いボタンを押して、レバーを力いっぱい倒す。

オーケストリオンは右の拳を大きく振りかぶり、莫大な魔力を纏わせると、それをゼツ・ハルコンの腹に思いっきり叩きつける。

「ゴボオオオオオオオオオオッ！」

腹に強烈な一発が入り、ゼツ・ハルコンは悲鳴を漏らし……その体が魔力に覆われていく。

全身が覆われるとみるみる萎んでいき……その魔力が晴れたとき、スーツを着た人間のパストルが現れた。

しかし、パストルの体はところどころ青く変色しており、どうやら力が完全に失われたわけではないようだ。

「はぁ、はぁ。ど、どうして、俺は、俺は……」

「舐めすぎなんですよ。師匠を、師匠に仕込まれた私を。そしてこの国を」

ランジェアはゆっくりと近づく。

「ヒッ！　お、俺をどうするつもりだ！」

「竜の体ならともかく、人の体になったら、私では弄りにくいですし。どうしたものか。あなたからはすごく優秀なインゴットが取れそうだったのですが……」

ランジェアは宝都ラピスの壁を見る。

壁の上で、こちらを見ている観客がいることに気が付いた。

「……ドラゴンがいなくなったら早速見物ですか。ここであなたを殺したら人殺しに」

「ハハハッ、何を言っている、どうせ人なんて殺せな――」

「魔王の虜になった人間を、私たちがどれほど殺してきたと思いますか？」

「え？」

「魔王の力は絶対で、解除することはできません。私たちは、そんな魔王の虜になった人間を殺してきました。捕獲でも拘束でもなく、殺してきました。そうしなければ、そうする者がいなければ、魔王が倒された後も、世界は、魔王の虜になった人間を抱えなければなりません。救うために多額の予算を投じる必要があります」

ランジェアの視線は冷たい。

「しかし、抱えるとしても、治すための研究をするとしても、結局は無駄なこと。絶対に解けない魔王の力は、いつまでたっても薄れることはない。虜になった人間が『普通』に戻ることはない」

「そ、そんな……」

「どれほど金と時間をつぎ込もうと、誰も治すことはできない。そして……人々は、『治せもしない口だけの無能が税金を無駄遣いする』と研究者たちを非難します」

「……」

「人を殺すのは悪いことです。そんなことは議論するまでもない。しかし……あの魔王が関わってしまえば、『人を殺すのが悪いことだ』という理屈を持ち込む資格は誰にもありません」

だからこそ、ランジェアたちは、殺し続けてきた。

処分し続けてきた。

その結果、どれほど世界から非難されただろうか。

「私たちに普通の人の感覚を求めるのはやめてくれませんか？　あなたたちは、どれほど世界が苦境に立とうが、自分の権力と栄えある未来を捨てることはできず、傲慢に成り果てた。それを見て、私たちがどれほど失望したと思いますか？」

「……」

「私たちの戦術は『見せしめ』と『一網打尽』……ただこれは、ベストなタイミングが訪れるまで、起こりうる被害と起こった被害を無視することになります。しかし、私たちと師匠にためらいはありません。『愛想が尽きた』からです」

世界を救った英雄譚。

そんなものは、探せば思ったより、出てくるもの。

しかし、そんな人物が歩む道では、普通の人間では考えられない理屈を通す必要もある。

そんな人物を相手に、『普通』を求めてはならない。『綺麗な人』を求めてはならない。

悲劇に無関心であることを非難するのなら、救いがいのある世界を各々が築くしかない。

だからこそ、バルゼイルが見せた可能性は眩しかった。

しかし、まだまだ、世界は救い甲斐がない。

「とはいえ、ここは殺さないでおきましょうか。『人殺しを平気でする人間』と思われるのは構いませんが、元本部役員がここまでの騒動を引き起こしたのですし、はけ口がなければ納得しない者も多いでしょうから」

「お、俺は……」

ランジェアはそこまで言って、ため息をついた。

「?」

「俺は、間違えていたのか？」

「興味ありません」

パストルが引き起こした大爆発によって、何十人もの死傷者が出た。

しかし、ランジェアの顔に、『そこ』を突く様子はない。

「根本的な部分で言えば、私は、あなたなどどうでもいい。それだけです」

考えたら、正しいのか間違えていたのか……いや、ここまでの惨状や、四年前の大失態を考えれば、考えるまでもないこと。

しかし、その程度の労力すら価値がない。

ランジェアのその宣言に、パストルはもう、『無理』になったようだ。

第二十話　ホーラス対シド

ランジェアとパストルの戦いが始まる少し前。

「……このタイミングで俺に接触するのか。てことは、上でパストルとセデルが暴れてるのか？」

キンセカイ大鉱脈の深層。元ボス部屋。

広々とした空間で、ホーラスはシドに遭遇し、そうつぶやいた。

「ほう、初対面なのによくお分かりで」

「『ファーロスの鍵盤』だな」

「代表のシドと申します。貴方とは話をしたいと思っていました。ホーラス君」

「俺と話ねぇ……」

お互いに隙を見せない様子で対話している。

「ホーラス君。まず最初に、君に聞いておきたいことがあります」

「ん？」

「冒険者が調子に乗り出してから、あなたはどう思いましたか？」

「……」

「『宮廷冒険者』を作ろうという騒動。暴走する協会本部の役員。挑戦でも不満解消でもなく、ただ『傲慢』に振舞うだけの冒険者たち……いろいろありましたが、どう思いますか？」

シドの視線は、本当に『ただ聞いている』といったもの。

別に、ここでホーラスがどのように語ったところで、それに対してアレコレ皮肉を言うということもなさそうだ。

「そうだなぁ。なんか、イライラすると思ってんだが……ああ、そうか。お前たちは、俺が霊天竜ガイ・ギガントを倒したあたりから、俺を意識していたのか」

ホーラスはため息をついた。

「嫌がらせか。趣味の悪いやつだ」

「嫌がらせ？　よく言いますね。コピー機の営業の情報を耳にしたとき、目ん玉が飛び出るかと思いましたよ？」

「あー。やっぱり、そこは引っかかるのか」

「当然です」

シドはコートの裏から金貨を一枚取り出した。

「あなたは予測しているでしょうが、この魔物硬貨は『センサー』になっていまして、欲望……それも、『うまく焚きつければ失敗しそうな強い者』を感知するようになっています」

「だからお前たちは、この硬貨を多くの人間が『手持ちしている』……言い換えれば、『現金主義』を維持したいわけだ」

「ええ、貨幣というシステムを利用すれば、このコインを多くの人間が持つ状況になり、それはセンサーとしての役割を果たします」

「だが、『人間が金の議論』を続けたことで、誤算が産まれた」

「ええ。特に借金というのは面白いですね。アルバロ君がわかりやすいでしょう。現金ではなく、それをもとに同額の債券を作り出し、交換するシステム……正直脱帽です」

不敵に笑うシド。

彼は金貨をしまうと、呆れた表情でホーラスを見る。

「『硬貨』を持たずとも金銭的な取引ができる。この状況は我々にとって不都合です。そのため、我々は、アルバロ君が作った債券市場や、『国家が独自通貨を作ること』を認めません」

「てことは、四年前の大失態。パストルに魔道具の設計図を持ち込んだのはお前たちか」

「その通り」

四年前のパストルの大失態。

それを実行するに至った『精神異常耐性』の魔道具だが、主に『カード』や『メダル』といった媒体で多く出回っていた。

実際にそれらの魔道具を作成する設計図が出回ったのは、シド達『ファーロスの鍵盤』が配ったからだ。

そもそも、彼らは、硬貨や紙幣を簡単に偽造する、紙や鉄の加工技術を有していた。

これはセンサーとしての魔物硬貨以外の貨幣――その土地における独自通貨など――を流通させないことが目的。

そうした普段からの技術蓄積があったからこそ、『精神異常耐性』の魔道具を作るのも容易であったというわけだ。

紙を加工する。金属をメダルの形にする。

普段から何度も何度も試行錯誤しているはずであり、それを魔道具の技術に応用することなど造作もない。

これによって、ファーロスの鍵盤は『実用的』な魔道具の設計図を用意できた。

本来なら何十年も研究してたどり着くはずの、魔道具の『携帯性』と『性能』を両立させる。それほどの技術力を持つものは、世界広しと言えど多くはない。

「正直に言いますと、あのコピー機とともに送られた『コピー用紙』……アレを作り出す『製紙技術』を我々は持っていない」

「要するに……俺が『紙幣を作ろう』って言い出したら困るってわけか」

「その通り。まあ、貴方はやらないでしょうが」

「そうだな。俺がゴーレムマスターとして強くなる理由は、倒さなければならないやつがいるからだ。生活を便利にするためでも、政治や経済を変えたいわけじゃない」

「ほう、倒さなければならないやつ……ですか。いったい、どういう内容で？」

「『家畜のままでいるのは気分が悪い』……とだけ言っておくよ」

「ふむ、あなたは確か……ああ、なるほど、『視た』というわけですか。これは面白い。そこが我々にもわからなかった」

フフッとほほ笑むシド。

「さて、少し踏み込みすぎましたね。話を戻しましょう。私からの嫌がらせ、気に入っていただけましたか？」

「少なくとも、今回の冒険者の騒動がお前の計画によるものなら、ぶん殴る理由ができた」

「ハハハハハッ！　そうでしょうねぇ」

笑みが今までで一番深くなった。

「ゴーレムマスターという技術を世界で初めて確立し、その『理念』を説いて……百年前に世界初の『宮廷冒険者』となり、国を滅ぼした男、ユーディネスを侮辱する行為ですから。確か、貴方が憧れている男でもあるはず」

「ああ。そうだよ。ユーディネスが書いた『自伝』なら、今もアイテムボックスに突っ込んでる。年季が入ってボロボロだけどな」

「なるほど……焚書された筈のアレを手に入れるとはなかなか……」

シドは少し、笑みの種類が変わる。

「フフッ、当時の『使徒』によって、彼は宮廷冒険者となった。どう思いますか？」

「……そうした理由は、今の俺の『製紙技術』に近いレベルで、ユーディネスが質の高い紙を作れたからか」

「その通り、ユーディネスが作り出した魔道具やゴーレムは、当時の『使徒』には追い付かないレベルで高い質の『紙幣』を作り出す可能性があった」

「技術の進歩は止められない。だからお前たちは、ユーディネスの『信用』を失墜させた。性能が高いか低いかじゃなくて、『ユーディネスが作った魔道具は信用できない』という風潮を作った」

「フフッ……どう思います？」

……ホーラスは少し考えたようだが、すぐに答える。

「憧れてるのは事実だが、崇拝してるわけじゃない。そこは反面教師にしてる」

「ほう……」

「お前をぶん殴りたい回数は増えたけどな」

「貴方に本気で殴られるとシャレになりませんし、遠慮しておきましょうか」

そういって、シドはコートのポケットから、十枚のメダルを取り出した。

「お互い、話はそろそろ終わりでいいでしょう。しかし、ここを通すわけにはいきません。パストル君が上で頑張っていますから」

「パストルが？　セデルはどうした」

「殺しました」

「……お前が？」

「はい。私が」

「そっか……それは運がなかったな」

ホーラスはポケットからキューブを取り出した。

「通すわけにはいかないと言われても、無理な話だ。強引にいかせてもらうぞ。ついでにぶん殴ってやる」

「もう一度言いますが、遠慮しておきましょう」

キューブと十枚のメダルが、それぞれ光る。

「『機械仕掛けの神《デウス・エクス・マキナ》』」

「『誰もいない実験室《クリスティ・フラスコ》』」

ホーラスの全身を赤い装甲が覆う。

シドのコートが白衣に代わり、十枚のメダルがフラスコに変貌。両手の先に、水玉が出現した。

「お前がどんな強さだろうと関係ない。俺の勝利で、すでにシナリオは決まっている」

「フフフッ、始めましょうか。結果が『全滅』になる実験をね」

★★★

ホーラスが二丁拳銃で魔力弾丸をばらまき、シドは両手の先にある水玉から触手を出して防いでいる。

シドの周囲に浮かぶ十個のフラスコは、中にそれぞれ別の色の液体が入っており、時折水玉の触手が入って成分を取り込んでいるようだ。

触手は銃弾を防ぐだけではなく、自らも水属性の弾丸を使ってホーラスに放っている。

……ただし、ホーラスの装甲に対して、ほぼ無力の様子。

時折、二人は接近し、触手の直撃はホーラスも武器で防ぐが、遠距離攻撃になると通用しないようだ。

「……その十個のフラスコの中にいろんな成分が含まれていて、それをもとに触手を強化して戦ってるわけか」

「その通り。なかなか使い勝手が良いでしょう」

「有用性はわかるさ。俺が『ゴーレムマスター』なら、そっちは『スライムマスター』ってところか？　あんまり頑丈じゃなさそうだが、汎用性が高い」

「フフッ、そちらは相当性能が高い。ただ……あなた自身、ゴーレムの操作能力は高くても、製造速度はそうでもない様子。強い武器を作ることはできても、作成には時間がかかると言ったところでしょうか」

「やっぱりわかるか」

「当然です。あなたが霊天竜ガイ・ギガントと戦った時の噂は聞きましたが、その時とあまり武装が変わらないところを見ると、まず間違いはない」

お互いにドカドカと銃弾を撃ち続けていて大変うるさい状態になっているが、普通に会話している。

お互いに聴力を強化する術があるのだろう。

「ただ、ホーラス君。多くのハンデを抱えながら、よく戦えるものです」

「ハンデ？」

「あなたに私を殺すことはできない。私の魔力を乱し、戦力として低下させることもできない。その事実があるからです」

「……お前がそれを言うってことは、『アレ』の復活も近いか」

「貴方の勝利条件は、私を深く傷つけず、魔力を乱さず、一撃で気絶させるなどして戦闘不能にさせること。まあもっとも、その条件は私も同じですが」

お互いに何かの情報を持っており、それを前提にした場合、『相手の命を奪うことはおろか、戦力として崩すこともできない』ということだ。

本気も全力も出せない。

そして、お互いに、『手加減を前提とした手段』が不足している上に、そういった調整をしてもお互いの技術力が高すぎて使い道がないので、どうにもならない。

しかし、ホーラスは『上』で起きていることに介入したいがゆえに、上手く一撃で意識を刈り取りたい。

シドは上にホーラスを介入することを防ぎたいので、ここで足止めしている。

「はぁ、ずいぶん面倒だ」

「フフッ……しかしその装備。なかなか面白い設計ですね」

「ん？」

「攻撃力や防御力、速度が『可変式』の様子。十個前後の『アビリティスロット』があり、その枠を使うことで攻撃力や防御力が強化できる。それらの枠をガチャガチャと入れ替えて戦っているのでしょう」

「よくわかったな」

「観察力は必須でしょう。ちなみに枠はいくつあるので？」

「十二だ。ちなみに、武装を使う場合もスロットの枠が必要で、片手剣や拳銃は一つ使う」

「ほう……では、ガイ・ギガントを倒した両手剣は？」

「五だ」

「これは恐ろしい……」

ホーラスがここまで情報を提示するのは、それをすることによってできる戦略を構築するためだろう。

単純に武力と武力のぶつかり合いになる場合、隠し玉というのは重要だが、ホーラスやシドの場合、『相手に与えることで行動を制限する』ことも必要だ。

「要するに、あの両手剣を使う場合、あなた自身のスペックが少し落ちる……ん？　いや、違う、ガイ・ギガントを倒した時より、五割程度強い？　まさか……」

一瞬、シドの思考がブレた。

次の瞬間、ホーラスの両手から二丁拳銃が消失し、大型の機械銃が出現している。

ホーラスがトリガーを引くと、黄色の光線が銃口から放たれる。

シドは慌てたように触手を大量に出して搦《から》めて盾を作ったが、光線はそれでは止まらない。

そのまま触手の盾を貫通し、シドの全身を捉えた。

「……ふう、集中力が足りんよ」

ホーラスは、体がしびれて動けなくなったシドを見下ろしながらそう言った。

「お前が想定した通り、コイツの完成率は、以前は八パーセントだったが、今は十二パーセントまで上がっている。それを教えたら、『お前の頭の中で計算が狂う』とは思ったが、あそこまで思考がブレるとは思っていなかった」

「あー。シドの悪い癖ではあるんだよねー」

「！」

声が聞こえて、武器を向けて構えるホーラス。

彼の動きを考えれば、その接近に気が付かなかったのは明白。

そう、彼の感知能力をもってしても探りきれなかった者がここにいるということだ。

シドの後ろから姿を現したのは、青髪を伸ばした、中性的な顔立ちでスーツの少年。

「おまえは？」

ホーラスが聞くと、少年はニヤッと楽しそうな笑みを浮かべた。

「僕はソラ。シドの仲間だよ」

「なるほど……アルバロの『資金』はお前が用意したのか」

「そのとーり。彼は債券で市場を作るシステムを考え付く頭脳と、実際に運用するだけの行動力があった。だからそこで接触して、『借金という信用を前提とするシステムはいずれ破滅を招く』という風潮を作る任務を遂行してもらっていたのさ」

楽しそうに微笑むソラ。

「アルバロの奴は、失敗することを前提に動いていなかったと思うが？」

「それも事実。彼は債券というシステムをうまく作ることで、世界を変えらえると思っていて……成功すれば本当に変えていただろうね」

「……事業を大きくすることを考えていたが、結局、失敗したというわけか」

「そうだね。まあ、僕らからすると『任務完了』……言い換えれば『君の負け』という形に終わった」

「……」

「ん？　何か？」

ホーラスなりに、何か考えている様子だったが、すぐにつぶやく。

「『現金主義』を浸透させる。これの本質がわかっていなかったが、お前の説明と今の状況でわかった。『信用』がなければ、人は金を『自分で持つ』……お前たちの作戦はそれを軸に立ててるわけだ」

「そうだね。硬貨を金庫に預ける。それだけのことであっても、金庫に信用がなければ成立しない。信用だ。信用というものが、社会を形成するうえでどれほど重要なのか……金の議論が進むと同時に研究して、今に至るという感じだね」

ソラは本当に楽しそうだ。

「しっかし、ホーラス君。本当に頭がいいね」

「そうか？」

「思ったより打てば響くような会話だ。フフッ……まあ、そろそろ終わりにしよう。僕はシドを回収して帰るとするよ」

「……」

「上……もう終わったよ？　パストル君は無事、ランジェア君たちに負けて、今は肌の色が変わった人間って形になってる」

「！」

ソラがそう言うとホーラスは驚愕し、全速力でボス部屋から出ていった。

「……まったく、」

「……さーて、シドもヘマしたね。同格かそれ以上が相手だよ？　一瞬の隙が勝敗につながるに決まってるじゃん。弾幕パーティーの形にしてお互いに距離を取れてるからって油断したらダメでしょ」

「……」

「口だけなら動くよね。ぐうの音も出ないってことか」

「……あなたが彼を止めればよかったのですがね」

「止められないでしょ。僕、シドより弱いんだし。さてと、ここにいても仕方がないし、さっさと移動しようか」

ソラはシドの体を肩に担ぐと、ダンジョンの外に向かって歩き始めた。

第二十一話　パストルと商会勢力の終焉。運は人ではなくカネに宿る

「クソがっ！　放せ！　放せぇぇぇぇぇっ！」

宝都ラピスの辺境。

パストルがゼツ・ハルコンになった場所では、鉄の鎖で拘束されたパストルが暴れていた。

「だ、ダメです。動きが収まりません！」

「インゴットはまだ体の中。その影響で強さが人間のそれじゃないな」

衛兵が集まってパストルを押さえているが、彼の体内に入り込んだ宝玉の力が強すぎるためか、人間では考えられない膂力を発揮している。

「……しかし、腕を斬り落としてもすぐに生えてくるとは、なかなか厄介な体ですね」

「俺は見せしめになんてならない！　俺の体力が回復すれば、またドラゴンの姿になれる！　その自覚がある！　俺を生かしておく方法を取ったことを後悔させてやる！」

「確かにあなたを殺すことはできませんが……もしや、またドラゴンになったら私に勝てると思っていますか？」

「当然だ！　一度負けたのは事実だが、また戦えば勝てるに決まってる！」

パストルは憤怒に満ちた表情でランジェアを睨みつける。

しかし、睨まれているランジェアは冷たい表情だ。

「どれほど現実主義を美談にしようと、妄想の中で生きることをやめられない……人間らしいと言っておきましょうか」

パストルは一つの事実に気が付いている。

人を管理……いや、その最上位とも言える『支配』を実行するためには、『圧倒的な暴力』が必要であるということだ。

権力があれば人を管理できるが、その権力を保障するのは、結局のところ暴力であると。

そもそも、冒険者協会が力を持っているのは、強力な『個』を運用する権限を持っているからに他ならない。

冒険者協会は世界中に『網』を張り巡らし、様々な場所に介入する特権を有しているが、それを担保するのは圧倒的な武力なのだ。

それは『現実』だ。

ただし……力を手に入れたからといって、『最強』になれるわけではない。

最強ではないということは、調子に乗れば、『自分以上の強者の縄張り』に踏み込むことになる。

そこで反撃されて、生き残ることができたとして……『また戦えば勝てる』というのは、それは妄想だ。

もっとも、ランジェアの言う通り、それが『人間らしい』というのは皮肉でも何でもない。ただの事実。

「どういう状況だ？」

「師匠」

ランジェアの隣に、空中を移動してきたホーラスが着地。

左手にキューブを持っているが、装甲は解除しており、その視線はパストルに向けられている。

「勇者の師匠か。だが、貴様が今さら出てきたところで何も変わらない。お前たちに俺は殺せない。だが、すぐに俺の体力は回復する。そうすればまたドラゴンになれる。シドから貰ったあの宝石の力があれば、俺は最強だ！」

愉悦の笑みを浮かべるパストルに対し、ホーラスは無表情だ。

「……肌の変色。これは人に戻った時からこのままか？」

「いえ、少し変色が進んでいます」

「そうか……」

ホーラスはパストルに近づいて、彼の襟をつかむと、うつ伏せで地面に押し付けた。

「ぐあっ！　な、なにをする！」

「人の見ている前でするのは嫌だったんだが、スピード優先だ。はぁ……宝石の力が強すぎて、擬態や隠蔽を張っても強制解除とは、面倒な」

うつ伏せにしたパストルの背中に、ホーラスは右手を当てた。

左手のキューブを起動すると、淡く光りだす。

同時に、パストルの背中に当てたホーラスの右手が光りだした。

「ぐうっ！　な、なんだ⁉　お、俺の中に何かが、な、何をする気だ！」

「そのうちわかる」

次の瞬間、バチバチと背中が放電したが、ホーラスの手に雷があたる直前、膜に触れたかのような挙動とともに消えていく。

「や、やめろ、やめろ！」

叫ぶパストル。

その体は……変色されていた部分がもとに戻っていく。

綺麗な肌の色を取り戻し……その実態を理解したパストルの表情は青くなる。

「俺の力だ！　俺の力を奪うな！　やめろ！　やめろおおおおっ！」

痛みはない。

不快感はない。

ただ……絶望的なほどに寒気がする。

「……ま、運が悪かったな」

右手を一気に引き抜く。

彼の右手には……パストルが霊宝竜ゼツ・ハルコンになるために使ったときの、宝石が握られていた。

「……あ、ああ……」

意気消沈といった様子のパストル。

そんな彼を無視し、宝石は粒子を放ってホーラスの体に入ろうとするが、なかなか侵食できない。

「……お前よりも格上だ。俺の言うことは聞いてもらうぞ」

ホーラスがそう言うと、宝石は粒子を放出するのをやめた。

そのまま宝石をアイテムボックスに突っ込んで、立ち上がる。

「これで連れていくのには問題ないな」

「はい。ありがとうございます」

「なら……ランジェア。帰るぞ」

「はい」

ホーラスはランジェアを連れて、屋敷に帰っていった。

……あとに残されたパストルは、青い顔で黙ったまま。

それを衛兵が無理やり立たせて、連行していった。

彼が原因の損失はとても大きく、そして、彼にその責任を果たす能力はない。

金貨一億枚の損失を生んだ四年前の大失態。

一国の王都の一角で建物をまとめて吹き飛ばし、何人もの死傷者を出したこと。

冒険者協会に対しては、勇者コミュニティからの莫大な借金を負わせた。カオストン竜石国に対しては『国家転覆罪』が成立しても不思議ではないことを犯した。

そう……パストルは紛れもなく『賢い』がゆえに、そこにたどりつく。

現実を知りながらも、理解しながらも、妄想の中に生きることをやめられなかった、『彼の負け』だ。

★★★

「アハハハハッ！」

「ソラ。何を嗤っているのです？」

「これ見てよシド。面白いことが書かれてるから」

騒動の三日後。

ソラはシドとともに、宝都ラピスの隅にある喫茶店のテラスにいた。

ソラはホットドッグをかじりながら新聞を読んでいたが、記事を見かけて笑っている。

「……」

シドは新聞を受け取って読み始めた。

トップ記事の『勇者の師匠が協会本部役員の暴走を収束させた（要約）』の部分に関しては無視し、中を見る。

「『連合』と提携していた大型商会の会長たちが、全員逮捕。金貨を巡った大問題による暴走」

「いやー。面白いくらいに踊りまくったみたいだね」

「いったい何を？」

「ん？　ああ、アルバロ君が失態の責任で金貨を出せって言われてたから、僕は大量に持っていったんだよね」

「ほう……」

「彼らの債券を現金化してもかなり余る量だよ。彼らはあることに気が付いて、商会たちで連携するのをやめたんだよ」

「あること？」

「そう。彼らは画期的なシステムによって、これまで勢力外に借金を作ることなく繁栄してきたのに、いざアルバロ君がいなくなったら、『お互いに全く信用していない』という現実が見えてしまったんだよ」

「お互いに信用していない？　私から見て、あのシステムを信用しているようには見えていましたが」

「外から見たらそう見えるかもね」

ソラは微笑みながら説明を続ける。

「彼らはね、お互いを信用していたんじゃなくて、妄想を共有していただけなんだよ。だけど、今回、冒険者たちの暴走と大量の金貨の出現で、『現実』しか信じられなくなった」

少し、呆れたような表情になる。

「で、その上で……彼らは、お互いの邪魔をしないように、宝都ラピスに流れ込んでる商会を吸収しつつ、勢力を拡大することにした。信用はしていなかったとしても、妄想を共有し、同じ夢を見た相手だからね。『最初』はお互いにちょっかいをかけるのは遠慮するはず」

「ふむ」

「だけど、一歩外に出たら、『勇者コミュニティに借金のある商会ばかり』だらけなんだ。ほかの

『元味方』に追い越されないよう、人や施設を抱えるために囲い込んでいたところ……エリーが出てきちゃったという訳さ」

当然のことだが、借金の返済計画は、本人の資金力や経済力、その他の『関係』も関わる。

急いで囲い込みをしようとすれば、下の連中は『金が必要な時はある程度出してほしい』という一文を契約書に書くだろうし、上はそれを呑んだ。そうなれば真っ先に手を付けるのは、当然最近手に入れた『莫大な金貨』。

しかし、どのような経緯であれ、手に入れた『莫大な金貨』というのは課税対象になる。

もちろん、その課税額が高いと暴動が起こるので低いのだが、問題なのは『少なくとも政府機関には虚偽報告ができないこと』だ。

エリーたちは大型商会にも金を貸している側であり、申請すれば、『ある程度』ならその金額の情報を引き出すことができる。

「で……そうなった時、金を持ってるんだから返せと言われれば莫大な金貨が金庫の中から消えてしまう。それを予見した商人達が解決を焦って勇者コミュニティメンバーに暴行した。まあ未遂で終わっただろうけど、記事を読む限り、商会長本人が暴行したり、指示を出したりしてるし、どうしようもないね」

「……そういうことですか」

状況を理解した様子のシド。

「アルバロ君はもう王都に向かったし、商会ももうダメ。連合も終わりかぁ。随分踊ったもんだよ」

「もとより、ホーラス君への嫌がらせでしかありませんから」

「あっはっは！　確かに」

……そう。

今回、冒険者や商会にまつわる様々な騒動があったが、そこに含まれる『最大の意味』は、単に、彼らがホーラスへ嫌がらせをしていたという、それだけのことに過ぎないのだ。

「とはいえ、ここに『全世風靡』までやってくるとは思ってなかったなぁ」

「廃魂歌アイヴァンですか。冒険者になりたての一番育つ時代を、ホーラス君と過ごしたことはとても大きい」

「僕としてはそっちはまあ想定内だったよ。ただ、そのメンバーがねぇ」

「誰か、厄介な人間はいましたか？」

「いたよ。ナンバースリー、『間奏』ラターグ……異世界からの転生者にして、バルゼイル・ディアマンテの実の息子っていう、属性てんこ盛りのイレギュラーがね」

「！」

情報を聞いて驚いているシドを見て、ソラは満足そうな笑みを浮かべる。

「さーて、まだ、爆発しそうなものは残ってるし、そこを引っ掻き回しに行こうか」

「そうですね。私もしなければならない備えがありますし」

「フフッ……まあ、一つ残念なのは、ホーラス君と話ができる時間がないってことかなぁ」

「様々なことを知っているはず。加えてあの頭脳。確かに話したいのはわかります」

「そうだよねぇ」

ソラはほほ笑んだ。

「どれくらい知っているのか。話してみたかったなぁ。二千年前の、世界中の人間が海も大地も知らなかった、『空の世界』の物語をね」

第二十二話　指名手配『ホーラス　報酬無制限』

「大変なのだ～！」

「大変ですぅ～！」

「……」

騒動から一週間が経過し、ホーラスはパストルから抜き取った宝石を装甲に組み込む作業の休憩中だった。

出入り口を開けて中に入ってきたのは、二人のロリっ子。

「師匠、大変なことになったのだ～」

のだ～口調でおっとりしているのは、青髪をショートカットにした魔法使いのような女の子。

年齢は十五歳。身長はそれ相応で、全体的に体の起伏が乏しい。

魔法使いが着るローブを身に着けており、その内側はノースリーブシャツとホットパンツだ。

左手で本を抱えているため、これが魔法のブーストアイテムなのだろう。

ニコニコしていて糸目であり、何を考えているのか、若干わかりにくい。

「急にいろんなところで追いかけられたんですよ！　むふううっ！」

もう一人は緑色の髪を長く伸ばした元気いっぱいな様子だ。

上半身は緑のコートを着て、内側はシャツとミニスカートという恰好。

体の起伏が乏しい青髪の子と並ぶと分かりやすいほど胸がバインバインで太ももがむっちりしている。

一応二人は同い年だが、なぜこうも違う感じに育ったのか。よくわからない。

「……ウルリカ。シンディ。お前たちが言うと緊張感がないな」

「なんでですか～！」

「まあ、それはよく言われるのだ～」

青の短髪でほっそりした『のだ口調』ウルリカ。

緑の長髪でスタイルの起伏が激しく元気なのがシンディ。

何があったのかはわからないが、それを二人が言うと確かに緊迫感がない。

……ちなみに、この二人がいると、途端に元気になるアホがいる。

「シンディ。それは置いておきましょう」

「エリー。どうしてですか？」

「とりあえず、あそこのソファに座ってください」

「む？　わかりました！」

シンディは近くのソファに座った。

すると、エリーはミニスカートに包まれたむっちりした太ももに顔を埋めた。

「すうううううはあああああああすううううううううううはああああああああああ！」

キモい。

「あ、私の方は気にせず話してください」

一瞬顔を上げたときは完全に真顔だった。

ちなみに、ロビーにいるのはホーラス、エリー、ウルリカ、シンディに加えてランジェアもいるが、彼女はいろいろ諦めたような表情で紅茶を飲んでいる。

変態をどうにかするのは勇者であってもなかなか難しいということなのだろう。

「後でエリーは滝行にするのだ～。それで師匠。大変なことになってるのだ～」

「最初からその話だったな。で、どういう内容だ？」

「これが宗教国家の間で出回ってるのだ～」

ウルリカが鞄から一枚の紙を取り出した。

ホーラスは受け取って、呆れたため息をついた。

それは、一枚の『指名手配書』。

ホーラスの写真が大きく載って、彼の名前が刻まれている。

そして一番下には、『報酬無制限』と記されている。

「……これ、どういう意味だと思う?」

「要するに、『いくらでも払うから、首を持ってこい』ということだと思うのだ〜」

「だよな。コレ、宗教国家で出回ってるって言ったよな」

「そうなのだ〜。ウルリカとシンディは宗教国家を転々として活動してたのだ〜。でも、いきなりこれが出回ると同時に、ウルリカ達を狙ってくる人たちが出てきて、こっちに避難してきたのだ〜」

ホーラスはそれを聞いて、最近の新聞を確認している。

「……はぁ、宗教国家ねぇ。いずれ、俺を敵に回すことは目に見えてたが、こんな手段を取るとは、そこまで俺が許せないか」

「支払いは『シーナチカ大神殿』となってるのだ〜。師匠、いったい何をしたのだ〜?」

「別に悪いことはしてないさ。俺基準でも、向こう基準でもな。ただ、許せないことがあるんだろう」

手配書をテーブルにおいて、ホーラスはため息をついた。

「血と冒険者の後は、宗教国家か……世の中ってのは静かにならないな。まったく……」

DEAD OR ALIVE
HOLUS

WANTED
DEAD OR ALIVE
HOLUS
UNLIMITED REWARDS

書き下ろし番外編

レッツキャンプ。オーちゃんの受難

オーちゃん。

ホーラスが作ったゴーレムであり、巨大戦力である『弾幕鉄人《オーケストリオン》』の試作版である。

ちゃんと動くかどうかの試作版ではあるが、その性能はホーラスが作っただけあって正直反則レベル。

もともと固定砲台目的で作り上げたため、文字通り弾幕を張るような一対多数の銃撃戦は大得意である。

お腹にメインシステムが存在し、ディアマンテ王国の王都からアンテナが届くまではこのメインシステムだけで動いていたが、アンテナが届いてからはホーラスの部屋に置かれた情報システムにもアクセスできるようになり、日々進化している。

そして最近、とある特技を手に入れた。

「ホーラスさん！　キャンプに行きましょう！」

「キャンプはいいとして……なんでオーちゃんがぬいぐるみになってるんだ？」

「朝起きたらこうなってました！」

「え、自主変形？」

場所は勇者屋敷。

そこにリュシアとエーデリカとオーちゃんが訪れている。

リュシアがオーちゃんを抱きかかえているわけだが、鉄製ゴーレムであるはずの彼は布製になっていた。

「まあたぶん、リュシア様の部屋ってぬいぐるみばっかりだから、それに合わせて材質を変えたんだと思う」

「そんな機能あったかな……」

首をかしげるホーラスだが、こればかりはオーちゃんが自分で作った機能である。

部屋にぬいぐるみが多いリュシアは、就寝時はそれらを抱いて寝ることが多い。

しかし、さすがに鉄製ゴーレムであるオーちゃんを抱いて寝るのはハードルが高い。

そこで、ホーラスの部屋にあるシステムにアクセスし、技術を取得。

それを用いてぬいぐるみフォームになったのだ。

「ふーむ……まあ、性能は今までと変わらないな」

「てことはこの状態でも戦闘力は据え置きかぁ。意味わかんないわね」

鉄製だろうが布製だろうが、オーちゃんはオーちゃんである。

「まあいいか。で、キャンプだったな。いいぞ。時間はあるからな」

「わーい！　よかったです！」

うれしそうなリュシア。

キャンプはみんなで集まったほうが楽しい。しかし、王族である自分が関わると何かと制約がかかる。

それも勇者たちがついていれば問題はないし、何よりホーラスがいるとキャンプのいろいろな部分が楽そうである。

リュシアは二手先三手先を考えつつも、一手先を何も考えていないので結果的に行き当たりばったりという、側近であるエーデリカからすると血管が切れそうな状態だが、ホーラスは最強の対症療法男なので彼がいれば大丈夫。

「どんなメンバーを想定してるんだ？」

「そうですね。私とエーデリカと、ホーラスさんとラスター・レポートの幹部四人です。可能ならもっと呼びたいですね」

「わかった。俺の方でも声をかけられそうなやつにかけておくよ」

「ありがとうございます！」

キャンプは人数が多い方が楽しい。

そんなことを考えているのは陽キャくらいのモノだが、別にホーラスはそれに該当しない。

しかし、彼の持論として、思い出というのはあって損することはなく、無理矢理に作る物である。

というわけで、巻き込むことに対して遠慮はないのだ。

★★★

三日後。

「電話一本でキャンプに呼ぶなよ。ホーラス」

「別にいいだろ。暇そうだったし」

「それはそうだが……」

宝都ラピスから北に進むと、キャンプに使える森がある。

自然界に踏み込めばモンスターがいる世の中ではあるが、森が使えないという状況は人間社会に強い悪影響を及ぼすので、徹底的に管理された自然が存在するのだ。

「ぜー、はー、ぜー、はー……疲れた」

「ラターグ、なんでそんなに疲れてるの？」

「歩きにくい場所を歩くのには慣れてないのさ。僕はダンジョンに潜る回数も少ないからね」

レオナの問いに息も絶え絶えなラターグ。

なお、服の質で言えば上下黒ジャージのラターグは運動に適していそうではあるが、靴に関してはこの世界で一般的なレベルであり、そもそも積極的に運動するタイプではないのか、すでに疲れている。

レオナは青いドレスを身に付けており、明らかに山を舐めているヒールをはいて歩いている。その状態でラターグよりも平気なのは、そもそも徒手空拳を使うほど体を仕上げているからだろう。

「山を登るのは久しぶりですね」

「そうね。ヤマタノオロチを倒した時以来かしら」

「やっぱり登りにくいですね。なれません」

「エリーが登りにくいのはスーツとパンプスだからだろ。山を舐めすぎだろさすがに」

ランジェア、ティアリス、エリー、ラーメルの四人もそれぞれ荷物を持って移動中。

……ただ、ガチの自然の中で、ティアリスはメイド服。エリーはスーツ姿である。

まだ動きやすい恰好をしているランジェアとラーメルから見ると、どこか『山を舐めてるだろお前』となるのだ。

「ふう、ふう、エーデリカ。山登りって体力を使うんですね」

「そりゃそうでしょ」

「オーちゃんはきつくないんですか？」

普段は国政のため城にいるリュシアとエーデリカに関しては、やはり体力は怪しいか。

そんなリュシアがオーちゃんを見ると……。

背中にバックパック型スラスターをつけて静かに飛びながら進んでいた。

「なんで飛んでるんですか⁉」

紙ナプキンにカキカキ……見せてきたそれには『飛べるからさ』と書かれている。

「え、もしかして私を乗せて飛べますか？」

『当たり前だぜ』

「うおおおおおっ！」

感激しているリュシア。

というわけで、うまーくオーちゃんの上に乗ったリュシアは、そのまま空に飛翔。

「わーいわーい！　凄いですうううっ！」

大変ご満悦の様子である。

「……なあホーラス。お前、どんなゴーレムを作ったんだ？」

「あそこまで何でもありにした記憶はないんだが……まあ、自主的に搭載したものだろうな」

「というかあそこまで会話できるんだね。もはや自我と言っていいんじゃない？」

「自我っぽくはあるがそうでもないな。そう見えるだけだ」

「なるほどー……」

「あと、魔力は何処から供給してるのかしら？」

「お腹にメインシステムがあるんだが、異空間収納で大量の金貨を抱えてるんだよ。それを使って飛んでる」

「そ、そうなのね……」

金貨は魔力の塊である。

この世界に存在するダンジョンから獲得した魔道具は全て金貨で動くため、それをもとに全ての魔道具が作られているのだ。

オーちゃんはゴーレムなので常に魔力の供給が必要だが、異空間収納とつなげるという発想はレオナにはなかったらしい。

「で、アレは放置して大丈夫ですか？」

「オーちゃんは目的地を把握してるから大丈夫だろ」

今もなお飛び続けているオーちゃんとリュシアだが、特に何も言わない場合は目的地まで飛んでいくだろう。

「いいなぁ、僕も乗せてほしい」

「自分の足で歩きなさい」

「ていうかそもそも乗ることは可能なのかな」

「大丈夫だろ。あの様子なら……頑丈な長いロープ一本があれば、全員を連れて飛べるはずだ」

「凄いな」

「俺とアイヴァンは重いから降りろって目で見られるだろうけど」

「え、俺も？」

「俺は体を弄ってて見た目より重いんだよ。アイヴァンも鍛えてて重いだろ。ていうか一番体格がいいのはお前だし」

「僕は？」

「まあ文句は言われない範囲だと思うぞ。知らんけど」

「なんで知らないの？」

「別に常に通信してるわけじゃないしな」

「というか、オーちゃんはリュシア様の様子を常に記録してるし、あのボケの様子が一々伝わったら気が散るわ」

あんまりな評価をするエーデリカだが、確かに作業中にリュシアの悪ふざけの情報が一々伝わったら作業が進まない。

そのあたりはオーちゃんが止めているのだろう。

……代わりに、大変な思いをしているだろうが。

「まあ、リュシアが降りてくる様子もないし、このまま歩くかぁ。はぁ、もうちょっと体力をつけておけばよかったよ」

後悔している様子のラタークだが、背負っている荷物を誰かに持ってもらおうとはしない。

……ただ、空を飛んでいるオーちゃんとリュシアを見て、思うところはあるようだ。

★★★

近くで川が流れる広々とした空間。

かなり人の手が加わっている様子はあるが、何かの催し物にはぴったりの場所だ。

宝都の近くでキャンプをするとなれば、この辺りになるだろう。

「皆さん！　ここですね！」

「なんでオーちゃんは地面にめり込んでるんだ？」

先に到着していたリュシアとオーちゃんだが、オーちゃんは地面にめり込んでいた。

「着地したらこうなったんですよ！」

「墜落では？」

「……着地です！」

「まあ、リュシア様がそう言い張るならそれでもいいけど……」

キャンプということでテンションが上がっているのか、いつもよりもゴリ押しがひどい。

ちなみに、オーちゃんだが『茶番はいいから引っこ抜いてくれ』という空気が漂っている。

ホーラスはズボッとオーちゃんを引っこ抜いて、傍に立たせた。

オーちゃんはペコっと礼をして、リュシアのところに歩いていった。

……健気である。

「よーし！　キャンプと言ったら、テントですよ！　誰が持ってましたっけ？」

「男三人が分割して持ってるぞ」

「……ラターグは遅れてるみたいだがな」

アイヴァンがそう言いながら後ろを振り返る。

すると、ラターグがテントの一部を片手で持ち上げながら歩いてきていた。

「ええっ！　ラターグさん。一体何をしてるんですか⁉」

「え、ああ、これ？　重力に怠惰の力を使って、物体を軽くしてるのさ」

「なんで最初から使わないんですか！」

「いやぁ、重力っていうまだ解明されていない概念に対して使うのって疲れるんだよ」

「だろうな」

「え、師匠。どういう意味で納得を？」

「魔力は『安定』を求める万能物質だ。人間は自然界には存在しない『イメージ』を魔力にとっての安定条件にさせる特殊な神経を持っているが、重要なのは魔力をどう変化させるかよりも、どうなってほしいかだ」

「要するに、『確信が持てないもの』に対して魔法を使うのは困難ってことだろ？」

「なるほど！」

ラーメルの要約でリュシアは頷いた。

「しかし、怠惰の力か。ディアマ……いや、なんでもない」

何か知っている様子のホーラスだが、ここでは言わないことにしたようだ。

いずれにせよ、そのつぶやきを聞いたラターグがニヤッと微笑んでいるので、それだけで二人の中で通じた部分はあるはずである。

「む？　あ、オーちゃんがピンを持ってますね」

テント設営のためには、ポールやロープやピンを使ってしっかり固定する必要がある。

ラスター・レポートメンバーは基本的にホーラスが作った『移動拠点』を使っていたが、普段はあちこちにばらけて行動するメンバーも時には集まることがあり、その際はテントを使っていたので経験はある。

……というより、移動拠点が入れない場所にとどまることもあるので、テントくらいはできたほうがいいのだ。

で、そのうちの一つの打ちとめピンをおさえて、オーちゃんがリュシアを手で招いている。

もっとも、オーちゃんの馬力を考えると、そのまま地面にドスっと刺せるだろうが、こればかりは経験だ。

「えーと、確か……これですね！」

リュシアは自分が背負っていたリュックからデカいゴムハンマーを取り出した。

オーちゃんは『違うと思うなぁ』という雰囲気を出していたが、笑顔で駆け寄ってくるリュシアに対して特に言うことはない。

「よし、行きますよ！」

リュシアはゴムハンマーを両手でしっかり握り、大きく振りかぶって……

バコオオオオオオオオオオオオオオオオオオオオンッ！

とピンではなくオーちゃんをぶっ叩いた！

「んぎゃあああああっ！　やっちゃったですうううううっ！」

絶叫するリュシア。

ちなみに、本来なら鉄製ゴーレムであるオーちゃんをハンマーでぶっ叩いたらリュシアの方が反動ダメージが大きくなる。

しかし、今のオーちゃんは綿が詰められたぬいぐるみモードであり、モッコモコだ。

「だ、大丈夫ですか⁉」

オーちゃんに駆け寄るリュシア。

もちろん、綿とはいえオーちゃんクオリティなので頑丈だ。ゴーレムなので痛覚もない。

ただし、『まあ大丈夫だよ？　ちょっと体がバラバラになるかと思っただけでね』と悲壮感が漂っている。

いくら何でもゴムハンマーで思いっきり叩かれるとは想像だにしなかったはずだ。

「リュシア。バーベキューができていますよ」

「おっ！」

オーちゃんを心配していたリュシアだが、エリーからバーベキューの言葉を聞いて首がぐるんっと回る。

満面の笑みで歩いていくので、オーちゃんはてくてくついていった。

この時点で参加者のほとんどの類が引きつっているが、リュシアは気が付いていない。

「うへへ～。宝都だとお魚はいっぱい食べられますけど、お肉は少ないですからね。楽しみです」

竜石国の中で一番大きな町は首都の『宝都ラピス』だが、二番目に大きな町は大規模な漁港を抱えている。

海産物がかなり取れるので、宝都ラピスでも『勇者印の海鮮食堂』が営業できるレベルだが、その反面、肉は少ないようだ。

肉がたっぷり並んだ串にタレをつけて……。

「いただきまー……あっ」

タレが入った器が手から落下。

そのまま、真下にいたオーちゃんの頭にドバっとぶちまけた。

「うおおおおっ！　オーちゃんがあああああっ！」

驚くリュシア。

そして、手に持っていた串を傍に置くと、オーちゃんを抱き上げて、そのまま池に向かって突撃。

オーちゃんは『えっ、ちょっ、待っ――』と言った雰囲気だが、もう遅い。

ドボオオオンッ！　と池に沈められて、頭をゴシゴシと撫でられる。

「はやく取らないとシミになっちゃうですううっ！」

ゴシゴシしているリュシアだが、そもそもリュシアは洗濯を自分でしたことがない。

まあ王族なので当然と言えば当然だが、どこかその手つきもおぼつかないものだ。

「……リュシア。後で強い洗剤を用意しておくから」

「えっ、そんなのがあるんですか？」

「まあ、いろいろあるのよ」

「ならよかったですううっ！」

リュシアは元気な様子でバーベキューの方に戻っていった。

……で、池から手を伸ばして土に手を置いて、ザバッとオーちゃんが這い上がる。

見事にずぶぬれであり、頭からボディにかけてタレがまだ残っている。

そんなオーちゃんはこう考えていた。

『重い……信じられないくらい体が重い！』

そう、オーちゃんは綿が詰まったぬいぐるみである。

そんな彼が池に長時間沈められたらどうなるか。

まあ、体感で、体重が倍になった。では済まないレベルであろう。

「なあ師匠。あれって、大丈夫なのか」

「物理的な話をすれば大丈夫ではあるが……」

ラーメルの問いに答えるもホーラスも確信がない様子。

そう、何度も言うがオーちゃんはゴーレム。ぬいぐるみモードの体がどれだけ汚れようと綺麗にするのはたやすいし、体を乾かすのも別に面倒と言うほどではない。

物理的には問題ない。

物理的には、ね？

「あ」

反応に困る状況になっているなか、オーちゃんの体が光る。

数秒で光が収まると、そこにいたのは鉄製オーちゃんであった。

「いつもの姿になったね」

「まあぬいぐるみになった途端にここまで災難なことになったらそりゃそうなるわな」

ラターグが頬を引きつらせながら言ったので、ホーラスは頷いた。

「バーベキューおいしいですうううっ！」

幸せそうなのはリュシアだけである。

★★★

そもそもリュシアという少女は、元気いっぱいで好奇心が強く、その活発さを最大まで発揮するかのように体力も豊富だ。

しかし、その反面、『実質的な国政のトップ』という制約がある。

当然だが、病弱な国王に変わって国際社会の場に出ることも多く、思いっきり遊ぶ機会はあまりない。

そんな中、『勇者』という、世界会議が認めた称号を持つ組織が自国に現れたことは、遊び相手が生まれたのと同じである。

全員が見目麗しい美少女で、リュシアに対してみんな優しい。

そんな環境であり、リュシアが好き勝手にするのは予測できた話だ。

とはいえ！

とはいえだ！

オーちゃんにとってはものすごく大変なのである！

「あ、石鹸を補充しておくのを忘れてた」

さんざんキャンプで遊んで帰ってきたわけだが、その後は体を洗うことになる。

勇者屋敷は様々な魔道具を使って改造が施された結果なかなか利便性が高く、旅の中で金貨……要するに魔道具の燃料を大量に手に入れたことで、ライフラインを湯水のように使えるのだ。

そのため、帰ってきたら風呂くらいは用意する。

しかし、石鹸を補充していないことに気が付いたティアリスが、風呂場に向かった。

……で、脱衣所に入った時だった。

「……何、あれ」

一辺一メートルの立方体。

上下に二つの扉がある物体だ。

一辺一メートルというのは部屋の中に置く魔道具としてはとても大きいため、とてつもない存在感がある。

「……あ、オーちゃん」

そんなところに男性陣の服が入ったかごを持ったオーちゃんがやってきた。

さすがに女性陣の服を扱うのは面倒なことになる。というか、エリーがリュシアの服を欲しがって洗濯物が集まらない。

というわけで、先に男性陣の洗濯を済ませようということなのだろう。

オーちゃんは立方体の上の扉を開けて、籠の中の洗濯物を全て放り込む。

扉を閉めると、そのままスイッチオン！

シュピーシュピーブルルルルルルゴゴゴゴゴガチャンガチャンビービービービーキュルルルルルルビビビビビビビ……ポーン♪

何がどうなっているのかよくわからない音が鳴り響いた後、下の扉が開く。

そこには、洗濯も乾燥も済ませて綺麗に畳まれた男性陣の洗濯物が！

「洗濯舐めてんのかあああああああああああっ！」

スコオオオオオオオンッ！　とティアリスが持っていた石鹸がオーちゃんの脳天に直撃。

オーちゃんは頭をおさえて悶絶している。

「あ、ご、ごめんねオーちゃん。あの、う、うっかり」

あたふたするティアリス。

こんな化け物じみた魔道具を作るのはホーラスなので、オーちゃんに石鹸をぶつけるのは単なる八つ当たりでしかない。

ちなみにオーちゃんとしては。

『うっかりってなんだ！　うっかりって何かを忘れてたってことだよな！　何をどう忘れたら石鹸を本気でぶん投げるのか。みなまで聞いてやるから言ってみろやゴルアッ！』

……といったことを十割くらい本気で考えていたが、彼は疲れている。

そう、彼は今日、とても疲れたのだ。

そんな彼にかけられる言葉は少ない。

ただ一つ。彼に届けるならば……。

がんばれ、オーちゃん。

あとがき

初めましての方は初めまして、久しぶりの方はお久しぶりです。筆者のレルクスです。

まずは、本作を手に取っていただき、ありがとうございます！

……さて、皆さんは、『迷走』と聞いて、何を思い浮かべますか？

予定が決まっておらず、それでも突き進んだ結果、よくわからないところに到達する。ということです。

本作で言うと、最初はね、『冒険者』とか、『大きな商会』とか、そういう『権力を持った民間組織の暴走』みたいなものを書こうとしてたんです。

いや実際に書いてはいます。

第二巻のサブタイトルは『カオストン竜石国の暴走』ですし、ホーラスにとって、ランジェアたちにとって、そして彼らを取り巻く環境にどう影響するか、描こうとしていました。

が、一番『暴走』しているのが一体誰なのか、疑問にするまでもなくあのロケラン王女です。

本作はネットに掲載されているものに大幅加筆を加えており、そんな中で、書籍版の新キャラとして『エーデリカ』が生まれました。

で、何故か……そう、何故か、エーデリカはツッコミ役になり、リュシアはボケ役になりました。

本当にどうしてこうなったのかは、筆者の私にもさーっぱりわかりません！

しかし、もう私にも、どうしようもありません！　だって今更、真面目なリュシアなんて書けません！　エーデリカがツッコミ役を辞めることもできません！

というわけで、三巻もリュシアとエーデリカはこのまま突っ走ります！

それが、良い『迷走』だと、私は思うのです。

……エーデリカには迷惑かもしれませんけどね（笑）。

かなりぶっ飛んだ物語になっていますが、それを彩るイラストを描いてくださった布施龍太様。本当にありがとうございます。カラーイラストで『弾幕鉄人《オーケストリオン》』とゼツ・ハルコンが向き合っているシーンは、初めて見た時ビビりました。イラストレーターって、すごい。

多くの方が熱意を持って取り組んでくださり、完成した本作をお届けすることができました。関係者の皆様。本当にありがとうございます。

そして！

権力を持った民間企業の暴走が終われば、ガッツリ指名手配されるホーラス。

何の意図があるのか、ホーラスは何を知っているのか。

第三巻では、より作品を『深く楽しめる』ようになるはずです！

では、次巻の後書きで、またお会いしましょう。

WARNING
指名手配で全世界が敵に!?
ハチャメチャが止まらない
のんびりざまぁトラベルファンタジー
第三弾!
コミカライズ
企画進行中!

次回
この男、
“ワンパン”
につき——。
いや、
どういう
意味だよ!?
著.レルクス ill.布施龍太
王都ワンオペ
ゴーレムマスター、
まさかの追放!? 3
~自由の身になったので
弟子の美人勇者たちと一緒に
最強ゴーレム作ります。
戻ってこいと言われてももう知らん!~
2024年秋発売!

出来損ないと
呼ばれた元英雄は、
実家から追放されたので
好き勝手に生きることにした
テレ東・BSテレ東・AT-Xほかにて
TVアニメ絶賛放送中!
「Blu-ray＆DVD BOX 上巻が2024年7月26日(金)発売!」

［NOVELS］

原作小説
第7巻

好評発売中！

［著］紅月シン
［イラスト］ちょこ庵

［COMICS］

コミックス
第9巻

2024年
6/15
発売！

［原作］紅月シン ［漫画］烏間ル
［構成］和久ゆみ
［キャラクター原案］ちょこ庵

［TO JUNIOR-BUNKO］

TOジュニア文庫
第3巻

好評発売中！

［作］紅月シン ［絵］柚希きひろ
［キャラクター原案］ちょこ庵

［放送情報］

※放送日時は予告なく変更となる場合がございます。

テレ東
毎週月曜 深夜26時00分～

BSテレ東
毎週水曜 深夜24時30分～

AT-X
毎週火曜 21時30分～
（リピート放送　毎週木曜9時30分～／
毎週月曜15時30分～）

U-NEXT・アニメ放題では
最新話が地上波より1週間早くみられる！
ほか各配信サービスでも絶賛配信中！

STAFF

原作：紅月シン『出来損ないと呼ばれた
元英雄は、実家から追放されたので
好き勝手に生きることにした』（TOブックス刊）
原作イラスト：ちょこ庵
漫画：烏間ル
監督：古賀一臣
シリーズ構成：池田臨太郎
脚本：大草芳樹
キャラクターデザイン・総作画監督：細田沙織
美術監督：渡辺 紳
撮影監督：武原健二　坂井慎太郎
色彩設計：のぼりはるこ
編集：大岩根力斗
音響監督：高桑 一
音響効果：和田俊也（スワラ・プロ）
音響制作：TOブックス
音楽：羽岡 佳
音楽制作：キングレコード
アニメーション制作：
スタジオディーン×マーヴィージャック
オープニング主題歌：蒼井翔太「EVOLVE」
エンディング主題歌：愛美「メリトクラシー」

CAST

アレン：蒼井翔太
リーズ：栗坂南美
アンリエット：鬼頭明里
ノエル：雨宮 天
ミレーヌ：愛美
ベアトリス：潘めぐみ
アキラ：伊瀬茉莉也
クレイグ：子安武人
ブレット：逢坂良太
カーティス：子安光樹

TVアニメ
公式サイトはコチラ！
dekisoko-anime.com

シリーズ累計90万部突破!!（紙＋電子）

アニメ化決定!!!
没落予定の貴族だけど、
暇だったから魔法を極めてみた
©三木なずな・TOブックス／没落貴族製作委員会

涼を襲うならず者は
教皇本人⁉

王都ワンオペゴーレムマスター。まさかの追放!?2
～自由の身になったので弟子の美人勇者たちと一緒に最強ゴーレム作ります。戻ってこいと言われてももう知らん！～

2024年7月1日　第1刷発行

著　者　レルクス

発行者　本田武市

発行所　TOブックス
〒150-0002
東京都渋谷区渋谷三丁目1番1号　PMO渋谷Ⅱ　11階
TEL 0120-933-772（営業フリーダイヤル）
FAX 050-3156-0508

印刷・製本　中央精版印刷株式会社

ISBN978-4-86794-201-7